QUATRE MURS

DU MÊME AUTEUR

TOUT IRA BIEN
Arléa, 2004 ; L'École des loisirs, 2008

LA MER NOIRE
Sabine Wespieser éditeur, 2010 ; 10-18, 2011

LES SÉPARÉES
Sabine Wespieser éditeur, 2012 ; 10-18, 2013

KÉTHÉVANE DAVRICHEWY DAVRICHACHVILI

QUATRE MURS

roman

SABINE WESPIESER ÉDITEUR
13, RUE SÉGUIER, PARIS VI
2014

Ils se tiennent aux quatre coins de la pièce. Ce n'est pas intentionnel, ça s'est trouvé comme ça. Chacun fixant une ligne imaginaire, et pensant à quoi ? Ils ne se regardent pas, à ce moment précis, ils n'ont plus de lien.

Somanges, la maison de leur enfance, se dématérialise sous leurs yeux. La pièce s'est vidée de leur chair, des blessures et des rires. Il reste le squelette de ce qui fut le foyer.

Le dernier camion vient de partir. Saul contemple le nuage de poussière sans s'émouvoir. Hélène semble ailleurs, observe une trace sur le mur ou au-delà. Élias suit leur mère des yeux, elle est dans le jardin, se dirige vers le mobilier qu'ils laissent aux nouveaux propriétaires, dispose le pique-nique, refait les gestes comme s'ils allaient s'attabler éternellement devant le champ. Rien chez elle ne trahit un changement. Il songe que leur mère n'a pas vécu en ville depuis longtemps. Elle est droite, belle encore.

Réna entrevoit son expression, ce qu'elle craint d'y trouver depuis un an. C'est indescriptible, une tristesse, une amertume, et la colère de sa mère l'étreint.

C'est une de ces journées où les heures s'écoulent, on est comme anesthésié, ni dedans, ni dehors, au milieu, en terrain mouvant mais neutre. Un temps insaisissable, un ciel cotonneux, ni froid, ni chaleur, ni pluie, ni soleil. Rien qui détermine le mois dans l'année.

D'ailleurs, ils ne se rappelleront pas la saison. Ils voudront graver les secondes, se souvenir d'une chose essentielle, ils ne parviendront qu'à se remémorer un détail, ou une succession de détails qui, juxtaposés les uns aux autres, ne leur évoqueront rien, ne les toucheront pas, alors qu'ils sont le cœur même d'un chagrin qui ne finira pas.

Leur mère les appelle. Son cri résonne dans la pièce nue, ricochet d'autres cris passés, un écho qui ne semble pas appartenir aux nouveaux contours. Ils finissent par l'entendre, ils bougent. En une seconde, ils sont éparpillés. La pièce est tout à fait vide. On peut maintenant ressentir le néant, comme tout paraît vain et étrange. La table sous les arbres les attend.

« Où as-tu trouvé ces couverts ? » demande Élias.

« Ils n'étaient pas empaquetés », répond leur mère.

« Ce sont nos couverts de toujours », dit Réna.

« Ils semblent différents », remarque Saul.

« Que fait Hélène ? »

« Elle arrive. »

Les autres échangent un regard.

« Qu'est-ce qu'il y a ? » demande Hélène.

« Rien, répond Réna, ou plutôt, c'est drôle comme tu nous ramènes à la réalité. Ta manie de disparaître quand il faut mettre le couvert. »

« Il ne me semblait pas qu'il fallait mettre le couvert aujourd'hui », rétorque Hélène.

Elle est agacée. Plus que ça. Ses frères et sœur jubilent intérieurement.

« Vous appelez ça réalité. Ce retour idiot aux stéréotypes de l'enfance. Régression plutôt », ajoute-t-elle.

« Hélène a fait des cartons », note leur mère.

« Et nous ? Soyons clairs, Réna et moi avons tout fait », précise Élias.

« Qu'est-ce que vous racontez ? On a pris des déménageurs pour que cela ne pèse sur personne », proteste Saul.

« Le poids, ironise Réna, tu crois que les déménageurs servent à ça ? Nous décharger ? »

« On sait que tu as payé, Saul », dit Élias.

« Ce n'est pas ce que je voulais dire. »

« C'est ce qu'on a entendu. »

« Chacun a participé comme il le pouvait, et vous avez plus de temps que nous », souligne Hélène.

Élias émet un rire forcé.

« Et vous croyez que Réna pouvait tout empaqueter ? »

« Et pourquoi pas, Élias ? dit Réna. Tu voulais dire dans l'état où je suis ? Je pouvais puisque je l'ai fait. »

Elle se redresse sur sa béquille et vacille.

« C'est difficile pour toi », déplore leur mère.

« Arrête, maman. »

« On peut, s'il vous plaît, profiter une dernière fois du jardin ? » demande Hélène.

« Oui, respirons le bon air, celui de notre enfance. Sentir, respirer, c'est ton truc, mais en es-tu encore capable ? » répond Élias.

Hélène ignore le ton sarcastique. Réna s'est rassise et acquiesce.

« Laisse, Élias, elle a raison, c'est la dernière fois que nous regardons le champ. »

« Ne crois pas ça, raille Saul, on le verra toujours. »

« C'est censé être sage et réconfortant ? » réplique Hélène.

Ils évitent la cabane. Chacun sait que les autres la devinent, y pensent. La cabane des enfants. Ils étaient cette entité, blottis les uns contre les autres. Leur cabane. Délaissée depuis longtemps, mais qui demeure.

« Si on la détruisait ? » propose Élias.

« À quoi bon ? » soupire Hélène.

Ils ont compris immédiatement de quoi il s'agit.

« Qu'est-ce que vous voulez détruire ? » interroge leur mère.

C'est la première fois qu'ils sont réunis depuis la mort de leur père. Sans leurs enfants, conjoints, ou amis. Son absence les enveloppe comme une présence. Ils se tournent enfin vers la cabane que leur père a bâtie de ses mains, planche par planche, ils avaient ramassé le bois, les branches. Ils voudraient se parler mais ne trouvent rien à dire. Ils sont trop fatigués pour les banalités d'usage.

« Je voudrais qu'on continue à partager de vrais moments », proclame leur mère.

« On ira chez toi », la rassure Réna.

« C'est trop petit chez elle pour nous tous », dit Élias.

« Vous viendrez chez moi », suggère Hélène.

« Ce ne sera pas pareil que de vivre sous le même toit, dit Réna. Évidemment, cela n'arrivait plus que quelques jours par an, mais c'était bien, non ? »

« Non, répond Saul, on essayait de s'adapter, de se supporter, c'est tout. Pour entourer maman. »

« Pour Somanges aussi, pour être ici, chez nous », insiste Réna.

« Vous ne faisiez pas beaucoup d'efforts, regrette Hélène. Les dernières fois que j'ai amené quelqu'un, ça a été pénible. »

« Tu exagères toujours », dit Réna.

« Je me retrouvais dans la chambre des enfants. De vos enfants. »

« Je n'avais plus de chambre », fait remarquer Saul.

« Vous êtes nombreux maintenant », se défend leur mère.

« Je le signalais simplement pour répondre à Hélène. »

« De toute façon, ce n'était plus possible, interrompt Élias, maman ne pouvait pas habiter la maison seule, et nous ne pouvions plus y venir régulièrement, ni cohabiter. »

« C'est vrai, acquiesce Saul, c'est mieux ainsi. »

« Mieux pour qui ? demande Réna. Vous voyagez sans cesse, mais je vais aller où moi maintenant ? »

« Parfois, en voyage, je ne désirais rien d'autre que de me retrouver ici, à Somanges, dans ma chambre d'enfant », dit Hélène.

« Nous n'avons plus de chambres d'enfant », lui oppose Saul.

« Je voulais vous parler de quelque chose », annonce leur mère.

« Ce n'est peut-être pas le moment », remarque Élias.

« Le moment pour quoi ? demande Saul. Tu sais ce qu'elle s'apprête à nous dire ? »

« Non, je ne sais pas. Ne commence pas, je pensais simplement qu'on était déjà assez tendus comme ça. »

« Pas tendus, réagit Réna, juste ébranlés. »

« Ébranlés, ricane Hélène, allez maman, de quoi veux-tu nous parler ? Lance-toi. »

« Tu ne nous lâcheras pas avant de l'avoir fait », dit Saul.

« Je n'ai pas souvent l'occasion d'être avec mes quatre enfants. »

« Ce n'est pas vrai », proteste Réna.

« Pas tous les quatre ensemble, et puis il y a vos enfants, vos femmes, vos maris. »

« Je n'ai pas d'enfant et pas de mari », note Hélène.

« Tu as très bien compris », dit Réna.

« Bon, qu'est-ce qu'il y a ? » demande Élias.

« Vous savez que je vais placer l'argent de la maison. »

« On sait », répond Élias.

« Cela me permettra de respirer. Les charges étaient trop lourdes. Et puis, vous délaissiez Somanges, je le comprends très bien, mais cette grande maison pour moi, c'était trop. En ville, près de vous, je serai mieux, c'est ce que vous pensiez aussi. L'argent fructifiera, ce que je prendrai ne devrait pas attaquer votre capital. »

« Tu nous l'as déjà dit, maman, on était chez le notaire avec toi, je te rappelle, intervient Saul. On ne te reproche pas de vendre la maison. »

« Moi j'y tenais et j'y venais encore », fait remarquer Réna.

« Moi non plus je ne voulais pas vendre, dit Hélène, mais je ne pouvais pas m'investir davantage. »

« Je ne vous reproche rien non plus », souligne leur mère.

Elle a haussé le ton.

« Mais j'ai réfléchi. Quand je ne serai plus là, ce qui restera sera partagé entre vous quatre. »

« On est obligés d'en parler ? » demande Réna.

« Laisse-la », dit Saul.

« On sait tout ça, maman », répète Élias.

« Si ça ne vous pose pas de problème, j'aimerais disposer d'une certaine somme dès maintenant. »

« Tu veux nous déshériter ? » ironise Hélène.

« Tu es carrément chiante », tranche Élias.

« Je plaisantais. »

« Ce serait pour Réna et Élias, qui ont besoin d'aide », poursuit leur mère.

« Oh maman, non. De quoi parles-tu ? » s'écrie Réna.

« Pourquoi pas ? » dit Saul.

« Tu leur donnerais de l'argent dès maintenant ? » demande Hélène.

« Oui, mais seulement si on est tous d'accord. »

« Je ne le suis pas, oppose Élias. Il n'en est pas question. Tu dois agir de la même façon avec nous tous. Nos choix de vie, nos situations personnelles n'ont rien à voir là-dedans. D'ailleurs, la loi est faite pour ça, éviter la subjectivité. »

« Ce ne sont pas toujours des choix », dit Réna.

« Tu étais au courant, toi ? l'interroge Hélène. Pourquoi tu ne m'en as pas parlé ? »

« Je ne savais rien, mais c'est vrai que je ne m'en sors pas toujours. »

« Arrête ton misérabilisme », proteste Élias.

« Si maman peut nous aider, dit Réna, et le veut, je ne vois pas pourquoi elle ne le ferait pas. »

« C'est vrai », note Saul.

« Cesse d'acquiescer, Saul, comme si tu n'étais jamais concerné, ou tais-toi », rétorque Hélène.

« J'aimerais que ce soit transparent, dit leur mère. Et je ne voudrais surtout pas créer de problèmes entre vous. »

« Il y en aura, répond Élias, Saul et Hélène finiront pas nous en vouloir et sans doute auront-ils raison. Sur quels critères décides-tu que nous en avons plus besoin qu'eux ? Moi un peu ? Réna beaucoup ? Et pourquoi serait-ce à une mère de le décider ? »

« On s'en remettra », affirme Saul.

« Je ne sais pas, soulève Hélène, le pourra-t-on vraiment ? Aide les jumeaux tant que tu veux, maman, d'ailleurs tu le fais déjà, mais n'en fais pas une affaire de succession, c'est lourd. »

« Vous voyez ? Ça devient symbolique », dit Élias.

« Symbolique, tu parles, s'exclame Réna. Pour Hélène, c'est une question d'argent, elle ne supporte pas que maman nous en donne. »

« C'est faux, dit Hélène, mais je pense comme Élias. Sur quels critères ? Ce n'est pas parce que je gagne bien ma vie, que j'ai du succès aujourd'hui, que ma situation sera la même dans quelques années. »

« Calme-toi, tu auras ton héritage. »

« Je suis très calme, Réna, et je me fous de mon héritage. Je ne suis simplement pas certaine que ce soit juste. »

« C'est ce que je disais, souligne Élias. Hélène a raison. »

« On ne va pas se disputer, poursuit Hélène. On ne parle pas d'une grosse fortune, Somanges ne valait pas tant que ça. Maman a vendu parce qu'elle avait besoin de cet argent, papa aurait voulu que ça la mette à l'abri. »

« Et qu'elle aide ses enfants », insiste Réna.

« Nous sommes tous ses enfants. »

« J'en ai assez, tranche Saul. C'est à toi de décider, maman. »

« Attention, notre maître a parlé », dit Élias.

« Tu m'emmerdes, Élias. Tu parles plus que moi. »

« Ce n'est pas difficile », note Hélène.

« Taisons-nous, supplie Réna, Saul a raison. Maman décidera. »

« Je voulais évoquer cette possibilité pour que vous réfléchissiez à votre tour, conclut leur mère, on pourra en reparler. »

Ils se taisent. Le silence les saisit d'abord. Puis le chant des oiseaux, le bruissement des feuillages, une tondeuse au loin. Ils se lèvent, s'éloignent les uns des autres. Ce n'est pas intentionnel, ça se trouve comme ça. Chacun se réfugie dans un espace intime et ignoré de ses frères et sœurs. Que pensent-ils ? Que ressentent-ils ? La maison de Somanges est immobile, figée dans la pierre, et dépouillée de leurs empreintes.

SAUL

La tuer. C'est ce que j'ai voulu. Une minute ou une seconde. Autant dire une éternité. Elle l'a compris. Je l'ai lu dans son regard. Je ne peux plus le soutenir. Pourquoi je vous dis ça ? Pourquoi je commence là ?

Non, ça ne me fait pas rire. Un tic qui masque l'embarras. Je ne sais pas si rire est le mot approprié. Je ne ris pas, je ne m'esclaffe pas. Aucun humour, dirait mon frère. Faux. Les blagues, personne ne les raconte aussi bien que moi. Mais parler n'est pas mon truc. Je me sens gêné, là, devant vous. J'ai failli ne pas revenir. Je crois peu aux bienfaits de la parole. Pourtant je ressens comme une urgence. Le sentiment que je dois m'y obliger.

Le départ approche, ça me rend nerveux. Je ne me souviens pas de la dernière fois où nous avons été tous réunis, les frères et sœurs. Aujourd'hui, ce « tous » ne les concerne pas, mais plutôt mes quatre enfants, Anouk et moi. C'est avec eux que le mot revêt une signification.

Ma mère ne veut ou ne peut pas comprendre. Ça fait deux ans que nous avons vendu la maison de famille, trois que mon père est mort. Elle vit seule désormais et est obsédée par ces retrouvailles.

Je fais le voyage avec elle. Les autres nous rejoindront plus tard. En Grèce, dans mon île.

J'aurais pu annuler la séance, trop de choses en tête, à faire, mais j'y tenais, ça me surprend moi-même.

Vous dire quoi ? Et ai-je le temps ? J'ai pris une décision. Cette sensation que les jours sont comptés.

Les enfants vont venir aussi, les grands en tout cas, par leurs propres moyens, ont-ils dit.

Ces foutues migraines m'assaillent à nouveau. Si violentes. Je ne suis plus bon à rien, je ne peux qu'attendre, rester cloîtré. Un mal tenace et lancinant. Tapi, il me guette sans cesse.

Je ne sais pas quand ça a commencé. Il y a quelques années sans doute. Cela me prend mon énergie, puis me plonge dans un gouffre sans fond. J'y flotte. Hors d'atteinte. Mon crâne est martelé par une douleur grinçante. Je m'allonge et j'endure. Je m'accroche à la certitude que ça va passer.

Tout passe, même la douleur. C'est dans Proust. Un long passage à propos du chagrin. J'ai repris mes vieilles éditions de *La Recherche*, sûr de l'avoir souligné.

Introuvable. Je confonds peut-être avec un autre auteur.

J'ai consulté. Des spécialistes, neurologues, ostéopathes, acupuncteurs, homéopathes, rebouteux. J'ai pris des médicaments à haute dose, Zomig, Prontalgine, Topalgic, Acupan, morphine. Jusqu'à l'overdose. J'ai fait une hépatite. Puis des scanners, IRM *and co.* Ils cherchent. Je suis terrifié qu'ils finissent par trouver.

Alors, j'ai mis fin à l'engrenage. Plus de visites, ni traitements ni examens. Mon remède n'en est pas un.

Appréhender le début, déceler les prémices du calvaire, anticiper et guetter la délivrance. Des actes précis qui jalonnent l'épreuve. J'apprivoise la patience dans l'obscurité. Quand le mal se replie, disparaît enfin, je me recentre. Une expérience presque spirituelle. Conneries, me direz-vous.

Ce fauteuil n'est pas très confortable. Et votre lieu un peu austère. Sans mes lunettes, je devine les titres des ouvrages sur vos murs. Comment les choisissez-vous ? Que sont-ils censés représenter ? Vous ou votre métier ? Des essais surtout, je crois.

Au bout de quelques séances, suis-je supposé savoir par où commencer ? Vous dire ce que j'ai sur la conscience ? J'emploie le mot sciemment. J'aurais pu faire une analyse, c'est ce que voulaient ma sœur, puis ma femme. Explorer mon inconscient, laisser jaillir à la lumière ce qui gronde au plus profond. Cela ne me serait d'aucune aide. Je me fous de mon inconscient. Le refoulement me va. Garder ma part d'obscurité. Vous faire face, malgré la gêne, me va aussi. Observer vos réactions, répondre à vos questions.

À quoi sert une séance ? Fouiller ma vie intérieure ? Mon enfance ? Je voudrais parvenir à chasser les mécanismes que j'ai mis en place, qui m'alourdissent. Réussir à parler simplement serait bien.

Ma décision va peser sur la deuxième partie de ma vie. Comment être sûr de ne pas regretter ? J'ai l'impression de flancher à chaque seconde.

Vous me croyez dépressif, je n'en suis pas certain. Une lassitude plutôt. Ou une immense tristesse. C'est aussi bête que ça. Je voudrais lâcher prise. Prendre une autre route.

Je ne lis plus. Plus un livre, plus un journal. Les infos vite fait sur le net. Ça ne m'était jamais arrivé, ne plus lire. Lire m'a façonné, m'a nourri, porté. Toujours informé. J'ai été professeur, puis journaliste. Aujourd'hui, rien ne m'intéresse, ne retient mon attention.

Je suis l'intello de la famille, vous savez. Ça m'est venu tard. Enfant, je ne lisais pas, adolescent non plus.

Cela ne dérangeait personne. Aucun livre à la maison, pas de musique non plus. Des chants grecs, des danses, des recettes qui circulaient.

J'étais curieux, j'imagine. Le père de Dimitri avait une grande bibliothèque. Ça a dû arriver comme ça. C'est étrange comme je n'ai pas de souvenir du premier livre que j'ai lu. Mais j'y suis retourné. Je me rappelle les allées et venues, les emprunts successifs et les discussions avec Dimitri, mon cousin. Lui lisait.

Parler de Dimitri aussi. Il serait temps.

Lire, c'était trahir. S'extraire. S'échapper. Un monde nouveau, en faire partie à tout prix.

D'après Anouk, il en résulterait une forme de culpabilité qui m'engluerait. La rédemption dans l'exercice d'une activité manuelle. Elle me ramènerait aux miens, à ce que nous savons faire. Une famille d'artisans. Mes parents. Grands-parents. Arrières-grands-parents. Grecs. Mêmes origines. Côtés maternel et paternel. Dissemblables malgré tout. Les uns orthodoxes, les autres juifs.

Ça ne posait pas de problème. C'était ainsi. Que cela ait influé sur leurs relations, sur notre histoire, je ne le nie pas. Des mémoires et des blessures ancrées différemment. Je l'ai compris trop tard pour les interroger.

Ils me portaient aux nues, un être à part. J'ai longtemps cru en être fier. Mais mes diplômes, ma culture, m'ont mis à distance. Il est allé aussi loin qu'on peut aller dans les études, ils clamaient. Il écrit des livres, il passe à la télévision. Toujours plus, je ne tenais pas en place. Je traçais. Pourtant je me sentais tiraillé. Un sentiment d'illégitimité qui ne m'a jamais quitté. Même avec la reconnaissance. Et puis soudain, la peur du vide, l'attrait du vide. Qu'est-ce qui leur succéderait ? Le désir de ne rien faire. Mais je ne savais plus.

Mon père bricolait. De longues heures à jardiner, réparer la toiture, une fuite, fabriquer des étagères. Je l'observais, il ne relevait pas la tête, il me réclamait crayon et bloc-note, notait les dimensions. Il plantait un clou, je maintenais la planche pour lui faciliter la tâche. Il se tournait vers moi, je ne voulais pas apprendre. Il insistait peu, n'y tenait pas vraiment.

Pensait-il que j'avais mieux à faire ? Être bon élève. Pourtant, jamais un compliment sur mes succès scolaires.

Lui avait quitté l'école tôt, décevant ses parents qui le voulaient instruit. Une place d'apprenti horloger lorsqu'ils avaient émigré à Paris après la guerre. Pas une vocation, mais le désir de gagner sa vie, d'aider sa famille. Il a fini par avoir sa propre affaire, ça ne marchait pas mal.

On n'était pas riches, mais on n'a jamais manqué de rien.

À l'atelier non plus, il ne relevait pas la tête. Dans un coin, une petite table m'était réservée, loin de mes sœurs et de mon frère. Je m'y installais pour faire mes devoirs. Le tic-tac des horloges. Le calme de mon père. Sérénité, je ne crois pas. C'était un homme anxieux, rongé par une angoisse qu'il camouflait dans son activité. Est-ce qu'il trouvait une forme d'apaisement dans la concentration ? On ne l'a jamais évoqué. On ne parlait pas, on ne posait pas de questions.

Lorsqu'on s'est installés à Somanges, il s'est mis à la pêche et m'emmenait avec lui. Des heures passées à préparer les hameçons, à ne rien dire sur la rive. On coupait à travers champs. Les herbes hautes m'encerclaient. Je rejoignais en courant sa silhouette imposante. Je comblais ses silences. Il va pleuvoir, tu sais, papa ? Les poissons seront là, tu crois ? Qu'est-ce qu'on va faire maintenant ? Et le poisson, il est mort là ? Il sera bon à manger ? On ne les mangeait presque jamais. Il ne répondait pas ou par monosyllabes.

Avec le temps j'ai appris à me taire. À l'imiter.

Pourquoi j'éprouve le besoin de vous raconter mon père ?

Il ne lâchait pas, se cramponnait aux objets. C'était fascinant son pouvoir sur les objets, celui des choses sur lui. Une voiture cassée, une poupée décapitée, il les ressuscitait. Pas d'énervement, pas de cris. Penché sur son établi, il s'affairait, et les tensions s'apaisaient. Ma mère criait, riait, se fâchait. Mon père ne faisait pas d'éclat. La lueur dans les yeux variait selon son humeur. Aucun de nous n'a hérité de sa placidité. Faire face paisiblement aux événements les plus terrifiants.

Il a été le même homme, le jour de l'accident, que le père qui, la veille, nous confiait la maison, nous souhaitait une belle fête, nous laissait à nos destinées. Alors que le hurlement de ma mère... Celui d'une bête.

Je les attendais assis sur les marches, j'ai annoncé la nouvelle sans me lever. Jambes coupées. Mon père immobile, ma mère, un pantin désarticulé et effrayant. Est-ce qu'elle est venue vers moi ? Est-ce qu'Élias était là ? La scène est floue, leurs mouvements se confondent. Un chaos.

Mais je revois mon père, inébranlable. Je ne vais pas m'étendre sur l'accident, sans rapport avec ma présence ici.

Pourtant, si je tente de voir clair, la maison de Somanges surgit. Notre enfance, notre adolescence.

Mes parents y ont vécu bien après nos départs. On venait les voir, on y séjournait parfois. Pour les vacances, avec nos enfants, nos conjoints. Vendre n'a pas été un déchirement, j'étais détaché depuis longtemps. Mais l'intime se niche là.

Des images nombreuses. Certaines intactes et nettes. L'allée qui mène à la maison, les pâquerettes et les brins d'herbe qui émergent du gravier, la marche invisible et casse-gueule pour accéder à la porte-fenêtre, la poignée qu'il faut soulever et non abaisser, le crissement des pneus, les vélos jetés à terre. Ma mère protestait, prenez le temps d'appuyer la pédale sur le rebord du chemin. Aucun de nous n'avait le temps, pressé de courir à la cabane. Se précipiter vers les jours similaires mais infinis. Apprendre à pédaler sur la terre cahoteuse. Chuter et recommencer, avec la marque des cailloux sur la paume de la main. Les grands chênes au-dessus du toit. Ma peur qu'ils ne tombent sur la maison pendant l'orage.

Le reste flotte dans ma mémoire. Le hall désert, les pièces vides déferlent et effacent les derniers fragments. Le dernier jour, l'usure et la crasse soudain apparaissaient, la trace des tableaux sur les murs désormais nus, la marque des meubles sur le sol, comme le contour d'un corps mort.

J'ai fait ce rêve, une silhouette dessinée à la craie sur l'allée. Je frottais pour l'effacer, les genoux écorchés. Les filles jouaient à la marelle, j'en traçais les lignes pour elles quand on était petits et je crayonnais d'affreux bonshommes censés nous représenter.

Ma mère était enceinte de moi quand ils ont acheté la maison. L'existence commence à Somanges. S'en séparer était inévitable, rien n'y avait plus de sens.

Ma mère insistait pour que l'on vienne, on s'y rendait contraints. Heureux de nous retrouver ? Comment savoir ? Presque de la joie, et de l'exaltation quand le toit apparaissait derrière les arbres. Mais lorsque les voitures s'engageaient sur le chemin, l'agacement me gagnait déjà. Les effusions, les sacs de voyage trop chargés de mes sœurs, les recommandations de ma mère, les remarques de mon frère. Tous l'étaient, agacés, mais personne ne voulait le reconnaître. Dissemblances d'adultes impossibles à combler.

J'y allais sans Anouk, elle ne voulait plus venir. Les enfants adoraient ces escapades. Je me sentais vaguement coupable. Toujours coupable. Un truc d'aîné, vous croyez ? Qui se perpétuerait dans toutes les relations ? J'étais responsable.

Je suis l'aîné. Qu'est-ce que ça signifie à mon âge ?

Anouk travaille de plus en plus alors que je délaisse peu à peu mes activités. Elle gagne plus que moi maintenant. Ce n'est pas un problème. On ne se sépare pas, on n'y parvient pas. Peut-être qu'on ne le souhaite pas.

En m'installant en Grèce, je ne la quitte pas. Ce n'est pas d'elle que je m'éloigne. Elle m'en veut mais semble accepter l'idée. Elle me rejoindra dès qu'elle le pourra. On aura une vie différente, nos enfants sont grands. Pourquoi pas ?

On s'est rencontrés très jeunes. Un café parisien, où j'avais échoué avec Dimitri et Hélène. On était inséparables, ma sœur, mon cousin et moi. Le trio grec, on nous désignait comme ça.

Je devrais vraiment vous parler de Dimitri, mais c'est difficile.

J'aimais Anouk mais ne quittais pas le trio, je le lui imposais. Cela a duré des années, puis Hélène a pris des distances, ou Anouk l'y a obligée. J'ai laissé faire. Elles s'aimaient bien mais se méfiaient. En vieillissant la méfiance s'est transformée en un sentiment plus amer. Défiance ?

C'était plus simple avec les petits, Réna et Élias. Tant qu'ils acceptaient de l'être, cela semblait immuable. Mais les rôles se substituent, les limites sont fragiles.

Que ferons-nous du souvenir de Somanges ?

Réna pose inlassablement la question. C'est facile pour toi, dit-elle, tu as remplacé une maison par une autre. Mais pourquoi avoir choisi la Grèce ?

Qu'ils me foutent la paix. Réna ne se remet pas de la vente de Somanges, elle se désole, s'indigne de notre indifférence. Que cherche-t-elle ?

Aucune famille n'est immortelle. Impossible de figer l'histoire, nous six, assis sous les arbres à Somanges.

Je ne téléphone plus. Ces propos insipides pour ne pas affronter une vraie conversation. Cette hypocrisie qui se faufile, nous étrangle. Réna raccroche, ne rappellera pas, puis ne résiste pas, une idée, une recette qu'elle doit partager avec l'un de nous. Ma relation avec Élias ne passait que par elle. Bravo à Saul pour son article, dis-lui que j'approuve pour la Grèce. Peu importait qu'il m'approuve. Incapable de prendre son téléphone.

Pourtant, c'est lui que j'ai appelé, j'avais besoin de parler à l'un de nous. On vient de passer deux heures ensemble. En face de lui, j'ai prononcé les mots que j'évite avec vous. Je ne sais pas si ça m'a fait du bien, on a perdu l'habitude, on ne se connaît plus. Il a écouté, n'a rien dit. Je n'attendais rien, il le sentait.

Quel besoin avons-nous de rester en contact ? Couper, est-ce possible ? Sectionner les fils qui nous ont tenus en vie ? Théâtre de marionnettes. Quelqu'un soudain lâche le cordon, et nous retombons comme des bouffons inanimés. Mon père était-il le marionnettiste ?

Qu'en penserait Dimitri ? Me réfugier dans sa clairvoyance, c'est ce que je faisais. Quelle ironie. C'est vers lui que je me serais tourné s'il était encore là. J'ai dû vieillir sans son soutien, chaque étape j'y songeais, j'ai accepté la direction du journal en me passant de son opinion. Je me suis réveillé en sursaut la nuit suivante, il était assis au bout de mon lit. Je m'escrimais à comprendre ce qu'il disait. Une apparition. Je pouvais presque sentir son odeur. Du dentifrice, sa manie de se laver les dents cinq fois par jour. Dentifrice collé sur la joue.

J'ai pris les rênes du journal. Je n'ai plus arrêté de travailler. Vingt ans de course effrénée.

Rien n'était prémédité quand on est partis en vacances sur une île des Cyclades. Une petite maison à vendre, un peu d'argent à investir. Anouk, les enfants et moi unis par le même désir. Ça s'est fait très vite. J'ai attendu longtemps avant de l'annoncer à ma famille, mon père n'en a rien su. L'idée même d'un voyage en Grèce me mettait mal à l'aise par rapport à lui.

Il n'a pas remis les pieds dans son pays natal. Toujours une excuse, manque de temps, d'argent. À quoi bon ?

Nous aurions pu l'y pousser, y emmener aussi nos grands-parents. Mais on était enchaînés à Somanges. Si l'un de nous quatre avait pris l'initiative... Hélène a tenté, puis renoncé. Sans l'accident, on serait peut-être allés en Grèce.

Je vous ai parlé de ma formation ? J'en suis fier. Je suis ébéniste désormais. J'envisage de m'y consacrer. Sur l'île, j'ai déjà un atelier. Je songe à une boutique. Ça pourrait marcher. Quoique je n'aie plus besoin de rien.

Anouk y voyait une lubie passagère mais je suis allé au bout. Je n'avais jamais de temps et j'en trouvais soudain pour fabriquer des meubles ? Sa colère me blessait, heureusement elle s'est apaisée.

Qu'est-ce qui la rendait dingue ? La distance entre nous ? Mes paradoxes ? L'inadéquation de ma passion avec ce que je suis ? Ce qu'elle croit que je suis. Mais que sommes-nous ? La vie que nous menons ? Celle que nous rêvons ? Ou nos petits actes inutiles et quotidiens ? Est-ce qu'on change ?

Anouk et moi avons été précipités dans nos vies d'adultes. On est passés du stade de jeunes étudiants à celui de parents sans transition. Quatre enfants. Deux carrières. Anouk, quand ils étaient petits, restait à la maison. Aujourd'hui, tout nous réussit, c'est ce qu'on dit. Je ne suis pas sûr de le ressentir. Comme si j'étais en marge de ma propre vie. Cette existence qui est la nôtre et qui nous réussit.

Et je pense à mon père, vous parle de lui, plus que je ne l'ai jamais fait.

Un jour, je lui ai offert une Jaguar. Il les aimait sans les convoiter. Ma mère aussi. Je les imaginais, filant tous les deux. Il l'a regardée et a souri, je crois que j'ai avancé vers lui et que je lui ai tendu les clés. Il est resté immobile. Il n'a pas compris.

« C'est pour toi, Papa », je lui ai dit.

« Qu'est-ce que tu racontes ? »

« C'est un cadeau, je l'ai achetée pour toi. »

J'ai regretté le verbe acheter, peut-être inapproprié. Soudain, le sourire a disparu. Il a haussé les épaules et s'est détourné. J'ai voulu l'appeler mais ne suis pas parvenu à émettre un son. Ma mère a poussé une exclamation admirative. Elle n'avait pas saisi non plus. Mon père conduisait peu depuis l'accident. Avant, il passait son temps au volant, n'hésitait pas à nous entasser dans la voiture pour parcourir des kilomètres à travers la France. Il ne le faisait plus, et je n'en avais pas pris conscience. Je n'ai pas vu non plus qu'il déclinait. Je n'ai pas voulu le voir. Ou fugitivement. Comme une porte entrebâillée qu'on referme immédiatement. Une manie. Laisser les choses pourrir.

S'est-il senti humilié ? Était-ce trop ? On ne s'est plus parlé pendant des mois. J'étais blessé, lui aussi. Maman tentait d'aborder le sujet, je l'en empêchais, je raccrochais, mon père ne décrochait pas.

Hélène avait un lien spécial avec lui. Une sorte de connivence.

« Qu'est-ce que tu as essayé de prouver ? » m'a-t-elle demandé le lendemain.

Je me défendais d'avoir voulu prouver quoi que ce soit. C'était un cadeau. Un simple cadeau. Je ne voyais pas l'intérêt de poursuivre la discussion. Qu'elle comprenne. Elle rapportait des effets somptueux à maman et, la plupart du temps, notre mère n'y touchait pas.

« Justement, a-t-elle dit. J'ai beaucoup réfléchi à la signification de ces cadeaux. On veut les gâter, mais eux ont l'impression qu'on souligne nos différences. »

« Et alors ? Est-ce que ce n'est pas inévitable ? »

« On les agresse en leur offrant des choses qu'ils n'ont jamais pu, ne peuvent pas, ne pourront jamais s'offrir. »

« Peut-être qu'ils n'en veulent pas. C'est tout. Sinon pourquoi ne pas l'accepter de leurs enfants ? »

« Élias et Réna ne peuvent pas s'offrir ce que nous possédons. »

« Nous ne l'avons pas volé. »

« Arrête, tu sais bien à quel point c'est complexe. »

« Réna et Élias s'en foutent. »

Les jumeaux avaient aussi assisté à la scène.

« Il faut le comprendre, a dit Élias plus tard, papa est un ouvrier, il est communiste, et soudain son fils, directeur d'un grand quotidien, lui offre une voiture. »

« Je dirige un journal de gauche. »

« De gauche, tu parles », a dit Hélène.

Réna m'a embrassé et a murmuré : « Cesse d'intervenir dans nos vies. Nous ne te demandons rien, chacun est bien comme ça. »

« Alors cessez de me demander mon avis. »

« Mauvaise habitude », a ajouté Élias.

Les habitudes familiales doivent-elles cesser à un certain point de notre existence ? Le peuvent-elles ? Ou faut-il renoncer, prendre de la distance au risque de se perdre ?

Je n'ai plus donné d'avis. La distance s'est installée d'elle-même. Je ne sais pas si elle doit être un sujet ici.

Et ma mère ? Je ne vous ai rien dit d'elle. Pendant longtemps, la relation était limpide. Je la voyais ainsi. Elle était ma complice, me soutenant quoi que je fasse, proche. Plus qu'avec Élias, sans cesse accaparé par Réna.

Elle a changé quand mon père est tombé malade. Elle semblait nous en vouloir. À moi et à Hélène. Si on s'en plaignait, si on réclamait sa présence, elle était fuyante, cassante. Elle s'empressait auprès des enfants d'Élias et de Réna, ils avaient besoin d'elle.

Je me suis mis à passer de plus en plus de temps en Grèce. J'y suis bien. Difficile de décrire le bien-être. Autour de la maison, la terre est aride, le vent souffle, siffle dans les oliviers, les tamariniers. Quand le bois est livré, les parfums se mélangent, chaque arbre a le sien. Je commence à les identifier. Et j'essaye de me souvenir de ce que disait Hélène sur les odeurs de Somanges et de la Grèce de nos grands-parents. Celles qui nous ont enveloppés et celles qu'elle a réinventées au sens propre. Ma sœur est nez.

Là-bas, les parfums sont envahissants, je ne distingue pas le passé du présent. Unité de temps et de lieu.

Ce qu'il me faut. Je plie sous le poids du bois, j'aime ces efforts, les tâches à renouveler. Je scie, je ponce, je taille. Je ne relève pas la tête, la sueur dégouline sur ma peau.

L'hiver dernier, personne ne croyait que je tiendrais. J'ai tenu. À coups de feux dans la cheminée. Refaire les gestes de mon père. Deux grandes bûches parallèles, journaux à peine froissés, petit bois au milieu, petites bûches, puis moyennes. Élias refusait d'apprendre. « Je n'aime pas le feu », il criait. Réna prenait sa place, elle allait le faire, elle avait compris, mais mon père craignait qu'elle ne se brûle. Elle protestait. « Tu es macho papa. » Il fronçait les sourcils, prenait une grosse voix, les femmes à la cuisine. Les trois garçons, nous nous laissions tomber dans le canapé en réclamant le dîner.

Ma mère riait, mais Hélène finissait par protester : « Ce n'est plus drôle. » Élias l'asticotait : « Après tout, c'est vous les filles qui savez cuisiner, moi je ne sais pas. » « Parce que tu n'as pas voulu apprendre, que tu es paresseux et que tu préfères te moquer des autres toute la journée », disait Hélène.

Je protestais : « Non, parce qu'il est doué et doit travailler son piano. » Je le pensais. Je le pressais sans cesse de jouer, la musique semblait tomber du ciel sous les doigts d'Élias. Il regardait droit devant lui, ailleurs, son corps trapu semblait ne plus lui appartenir. Quand il n'était pas au piano, il faisait des blagues, insaisissable petit frère. Presque impossible à cerner.

Nos cris étaient doux, pas agressifs, comme une rengaine qu'on fredonnerait pour se rassurer. Mon père finissait par se relever et aider ma mère. Il la secondait dans les tâches domestiques. J'ai cessé de le faire sans m'en rendre compte. Anouk assumait tout, je rentrais fatigué – je me voyais de loin, un homme avachi, se jetant sur la télécommande, zappant sans désir ni plaisir. Je hais cet homme-là. Mais quel genre d'homme suis-je ? Quel est celui qui vous parle aujourd'hui ?

Il aurait fallu investir dans la maison de Somanges, la retaper, repeindre, ma mère nous sollicitait mais aucun de nous n'avait le temps, ni le courage ou même l'envie. Je payais ma part, pour parer au plus urgent, la plomberie, l'entretien du jardin. On partageait les frais en trois, ma mère, Hélène et moi. Élias et Réna n'avaient pas les moyens. Qu'aurait décidé mon père ? Est-ce cette différence de traitement qui a précipité les mésententes ?

Notre père s'occupait de la maison, sans lui, Somanges se désintégrait lentement. Je vous énonce les faits tels que je les percevais à l'époque, sans porter de jugement. On n'en parlait pas, Hélène et moi. Pourtant, la répartition entre nous cinq était inégale. Anouk l'a pointé la première. Hélène a essayé d'alerter notre mère, mais le mal était fait. Le sentiment d'injustice s'était déjà glissé. Il venait sans doute de loin. Les grands, responsabilisés, les petits, protégés.

Chacun s'est senti menacé. Les réflexions blessantes se répercutaient de l'un à l'autre. On a planifié des vacances loin de la famille, Hélène se baladait dans le monde. Réna et Élias ont continué à passer l'été à Somanges avec ma mère.

Ma maison n'est pas grande, la terrasse surplombe la baie la plus sauvage de l'île. J'accède en quelques minutes à une petite plage de galets.

Je descends me baigner chaque matin, quand c'est désert. Je monte sur le rocher, plonge. La masse de mon corps s'abattant sur l'eau résonne dans la crique. Je nage encore en automne, malgré le froid qui gagne.

Les grandes fenêtres de mon atelier donnent sur la mer, les collines, le ciel, je n'ai qu'à lever les yeux pour être submergé par la lumière. Je me concentre, même à bout de forces, je ne parviens pas à m'arrêter. L'activité physique me ramène à une sensation primaire, je cherche l'essence de cette sensation et ne la trouve pas. Elle m'apaise tout en m'étourdissant. Quand enfin je repose les outils et me redresse, j'ai vraiment le tournis, je savoure l'immensité. Je vais au village faire mes courses, j'y rencontre les mêmes personnes, des gens de l'île qui, parfois, ne l'ont jamais quittée.

Mes grands-parents me parlaient grec dans mon enfance, puis ils ont cessé – à la demande de mon père, je crois – et ont adopté un français maladroit. La familiarité de la langue est évidente, je m'exprime de mieux en mieux. Quand je remonte chez moi, et déjeune seul sur la terrasse, la vue me déchire le ventre, accentue le vertige, la solitude m'absorbe. Malgré cela, et peut-être pour cela, je ne doute plus. J'ai envie de vivre là-bas.

Anouk viendra avec les enfants. Lorsque je m'y établirai définitivement, elle se débrouillera pour me rejoindre de temps en temps. On sera bousculés, peut-être surpris. On pensait ne plus l'être. Notre histoire n'est pas arrivée à son terme.

On n'est pas tombés amoureux, elle m'a choisi.

Elle avait vingt ans, moi quelques années de plus. Une fille rousse avec des taches de rousseur. Elle m'a jeté un regard en biais, puis s'est assise à ma table.

« Je peux ? Vous êtes un ami de Dimitri ? »

« Son cousin. Et vous ? »

« Une amie. »

J'ai étiré ma jambe qui a heurté la sienne. Son aplomb a paru s'évanouir. Elle s'est assise de travers pour éviter que ça ne se reproduise. Elle semblait soudain avoir changé d'avis et vouloir rejoindre sa bande. Ça m'a vexé. Est-ce que je l'avais même remarquée avant son intrusion ? Un garçon fumait à côté de moi.

« Vous voulez une cigarette ? »

« Non, je ne fume pas. »

« Moi non plus. »

Elle a ri et paru se détendre.

Est-ce que ça s'est vraiment passé comme ça ? C'est ce qu'on racontait à nos enfants, la scène de notre rencontre. On ne fumait ni l'un ni l'autre, mais ma question a fait de nous un couple, leurs parents. Une seconde plus tard, elle se levait, je ne la retenais pas, nous n'aurions rien eu à nous dire.

Par la suite, chaque fois que je retrouvais Dimitri, elle était là. Je finissais par redouter nos rendez-vous, j'évitais de la regarder de peur qu'elle ne me plaise plus. Son visage m'est devenu aussi familier que celui d'Hélène et de mon cousin. On est passés du trio au quatuor. Nous ne faisions rien les uns sans les autres. Avant d'être deux, nous avons été quatre. On ne se séparait que pour se coucher, faire l'amour, et on retrouvait les autres dès notre réveil.

On lisait, on échangeait nos impressions et nos livres. On travaillait côte à côte. On a créé un journal d'opinion qui circulait dans les milieux étudiants. Dimitri et Anouk étaient sortis ensemble, j'ai fui en l'apprenant. Ça aurait pu s'arrêter là. Ça n'avait pas compté, ils étaient copains sans plus, répétait-elle. J'en voulais plus à Dimitri qu'à Anouk. Je désirais souvent ce qu'il possédait. Et je détestais ça, j'avais cru Anouk à moi seul. Ce besoin perpétuel qu'il valide le moindre de mes choix. Ou bien était-ce le contraire ?

On était sur le point de devenir adultes, et mes sentiments envers mon cousin étaient mitigés, me taraudaient. Je ne pouvais pas me passer de sa présence, je la recherchais, mais elle m'accablait souvent.

Notre quatuor a duré longtemps, puis Dimitri a rencontré quelqu'un, Hélène aussi. Cela devenait compliqué de rester unis, mais on ne voulait pas renoncer. On entraînait nos conjoints sans tenir compte de leurs réticences. Les couples d'Hélène et de Dimitri n'ont pas tenu. Nous y avions sûrement une part de responsabilité. Anouk et moi étions plus solides ou moins exigeants, avait dit Hélène. Les remarques de ma sœur irritaient Anouk.

Dimitri et moi étions plus que des cousins, des jumeaux, des amis. En grandissant, partager avec lui était plus facile qu'avec Hélène. Je n'en pouvais plus de répondre aux attentes de ma sœur, à celles de Réna et d'Élias. Mais comment se détacher ? Même adultes, ils ne pouvaient envisager de vivre sans moi. Cette dépendance me devenait insupportable. Est-ce que je l'ai créée, entretenue ? Ou mes parents ont-ils distribué les rôles ? Saul, surveille tes frère et sœurs. C'est la phrase que j'ai le plus entendue. On courait vers moi à chaque blessure, j'étais celui qui consolait.

Qui me consolait ? Aurais-je voulu être consolé parfois ? La consolation panse les plaies. Pour mes parents, je n'en avais aucune, miraculeusement épargné. J'ai cru posséder cette immunité qui me rendait tout-puissant.

Ils m'ont attendu longtemps. Ils voulaient un fils. Pendant trois années, j'ai été l'enfant prodige, en avance pour tout, je les remplissais de joie et de fierté. Je savais lire en maternelle, et mes parents étaient régulièrement incités à m'inscrire dans une école pour surdoués. Ils ne l'ont jamais fait, ne voulant pas me marginaliser.

Pourquoi vous le raconter ? À cause d'Hélène. Je n'ai pas de souvenir de sa naissance. Quelques jours après l'accouchement, j'ai annoncé solennellement que le bébé disparaîtrait après les vacances. Annonce raillée et ressassée en famille pendant des années.

Sur les photos, je suis sur une plage du Midi avec Dimitri, ma tante, Yaya ma grand-mère, qui me tient contre elle. Ma mère doit être à l'ombre d'une terrasse avec Hélène, j'ignore où sont nos pères, peut-être étions-nous partis sans eux. On habitait une ferme, je me rappelle une étable, où vaches et cochons se côtoyaient et m'effrayaient. Un poulailler. J'avais voulu tenir un poussin et l'avais étouffé entre mes mains. Dimitri hurlant que je l'avais fait exprès. Rien ne parvenait à m'endormir, ni les berceuses grecques de Yaya, ni les contes dont elle inventait la fin. On dansait beaucoup, nos mères et ma grand-mère apprenaient les danses de leur pays à nos logeurs. En septembre, je suis entré en maternelle.

À la maison, à quatre pattes, Hélène me suivait partout. Les clichés deviennent des sensations. Son odeur de lait Mustela, ses petits bras poisseux autour de mon cou, ses yeux ronds qui ne lâchent pas les miens. J'inventais à mon tour la fin des histoires. J'étais celui qui raconte, pour Hélène, pour Élias et Réna, sur les matelas recouverts de tissu lisse dans la cabane. On glissait, on se retrouvait par terre, on se prenait la main et on se hissait ensemble.

Tous à la cabane, il n'y avait pas une journée sans que l'on obéisse à cet appel. J'étais grand quand on a arrêté. Trop âgé pour ce huis clos familial permanent, vous ne trouvez pas ? Je me suis rebellé, j'ai invité une fille, sans les consulter. Je ne les ai pas vus. Ils étaient tapis dans l'ombre. Aucun d'eux n'a bougé, ni émis un son pendant que je déshabillais la fille. Ni avant, ni après. Quand Hélène a éternué, c'était déjà trop tard. Je me suis levé d'un bond et les ai insultés, ils ont décampé en un instant.

Je ne suis jamais parvenu à mettre des mots sur cet épisode. J'aurais dû. Je m'en voulais. Je me suis mis lâchement à les éviter. La cabane a cessé d'être notre territoire. On y a invité des amis, et puis Dimitri a commencé à venir pendant les week-ends. Hélène, les petits l'accaparaient. Je regrettais de ne plus l'avoir pour moi, je me battais pour conserver ma place de grand frère.

Hélène épiait papa et maman la nuit, s'inquiétait parce qu'elle ne les entendait pas faire l'amour. Je refusais d'écouter ses élucubrations sur la question, je les jugeais déplacées. Elle m'imposait la moindre de ses pensées. Je devais l'emmener partout, nos parents me la confiaient. Sortir avec elle était aussi naturel que sortir habillé.

Les études m'ont permis de me dérober. Peu de temps. Je vous l'ai dit, Dimitri l'a vite incluse dans notre groupe d'étudiants.

Vous savez que je tenais à ce que mon thérapeute soit un homme ? Je vais regretter nos séances. Celles qui n'auront pas lieu, je vous ai si peu vu. Mon départ va être précipité. Je vais enfin cesser de compresser le temps, apprendre à l'étirer. Vous ai-je dit que pendant mes années d'études, je travaillais chez un menuisier ? Un ami de mon père. Ça ne me plaisait pas particulièrement et je n'y avais jamais repensé. Pourquoi ? Comment ai-je pu occulter des mois passés au milieu de la sciure ? Quelle notion avais-je du temps à cette époque ? Les minutes s'écoulaient et me fascinaient sur les dizaines d'horloges de mon père. Je m'amusais à changer le sens des aiguilles. Quand ai-je atterri dans cette autre dimension, où plus un instant n'est suspendu, où l'on est happé par le tumulte des jours ?

J'ai obtenu mon premier poste au moment de la naissance de mon fils aîné. Quelques jours après l'accident. Dans un rêve, je suis à côté de mon père, il est au volant, il fume la pipe, un camion est sur le point de nous percuter. Mon père ne réagit pas, je me penche pour braquer, je me réveille avant de l'avoir fait. Pourquoi mon père est-il associé à un accident de voiture ? Pourquoi lui ?

C'est Dimitri qui conduisait, ils ont percuté un arbre, mon cousin a été tué sur le coup, Hélène n'a rien eu, Réna est restée handicapée. Elle peut marcher, mais de travers, une démarche chaloupée, de clown. Le mot est sans doute déplacé mais c'est celui qui me vient en tête.

Comment ai-je pu offrir une voiture à mon père ? Et en présence de Réna ? Pour moi, ce n'était pas lié. Il en avait besoin et je voulais lui faire plaisir, un truc auquel il ne s'attendait pas.

Quelques instants après s'être détourné, il est revenu avec la tondeuse et l'a mise en marche. J'ai dû m'époumoner pour couvrir le bruit. Arrête ça, viens l'essayer au moins. Il a éteint la tondeuse d'un geste brusque, et m'a intimé de me taire. J'avais six ans à nouveau.

« Je ne veux pas d'une voiture pareille, garde-la pour toi ou revends-la. »

Il a remis la tondeuse en marche. Un vrai con parfois, mon père. J'ai embrassé Réna qui venait à ma rencontre. Avec sa béquille, elle parvenait encore à avoir de l'allure, je le lui ai dit. Élias a eu une sorte de rictus, Réna a souri, elle a gardé une fossette sur la joue droite. J'y déposais des pluies de baisers quand elle était petite. Pas la pluie, répétait-elle.

« C'est quoi, cette bagnole de dingue ? » a demandé Hélène en hurlant pour se faire entendre.

« C'était le cadeau de papa. »

« Ça ne l'est plus ? » a dit Élias.

« Il n'en veut pas. »

« Tu es fou, papa, a crié Réna avec provocation, donne-la-moi alors. »

Le bruit de la tondeuse s'est arrêté net et nos hurlements se sont répercutés dans le silence soudain.

« Ça suffit », a dit mon père.

Impossible de me rappeler comment s'est ensuite déroulée la journée.

Quelques semaines plus tard, Réna passait son permis, elle pourrait conduire des voitures spécialement équipées.

La maladie de mon père s'installait. On ne voyait rien. Une forme de déni se mettait en place. On ne mentionnait jamais son manque d'appétit, sa perte de poids, ses fatigues soudaines. On faisait des projets. On le parait d'un pouvoir d'immortalité.

La cohorte de morts, mon grand-père, mes grands-mères, ma tante, puis Dimitri. Le choc de l'accident, funérailles encore. Émotions taries. Endolori. Ça m'allait. Je ne creusais pas.

Il a été hospitalisé, j'étais débordé de boulot, je courais pour ne pas perdre l'équilibre, je ne faisais que passer et le trouvais chaque fois plus diminué. Voir un être se désintégrer, vous savez ce que c'est ? On était seuls les uns à côté des autres. Comme s'il était le tronc d'un arbre, nous les branches éparses tendant dans des directions divergentes.

Élias ne savait pas comment se comporter avec lui, il disait ne pas avoir connu de tête-à-tête avec son père.

Je repensais aux jours de pêche. Lors de nos dernières parties, il m'interrogeait sur la politique, mes choix éditoriaux, ne disant jamais ce qu'il pensait. Je repérais une bestiole sur l'eau, un bruissement dans l'herbe, réceptif encore avant que le stress ne s'installe, n'anéantisse mes perceptions. Je suis devenu imperméable. Ma capacité d'émoi s'est évanouie. Hélène me condamnait : tu as gelé à l'intérieur, un bloc de glace. Tu me parles de toi en m'accusant, je répondais.

On a cessé d'aller à la pêche, je ne venais presque plus à Somanges. Les enfants d'Élias et de Réna investissaient les lieux, mon père retapait la cabane, aménageait un nouveau bac à sable. Je ne ressentais rien. C'est moi qui ai voulu vendre. Ma mère avait besoin d'argent, et on voulait l'installer en ville près de nous. Personne ne s'y est opposé. « Sans la maison, on se perdra », a dit Hélène. De qui parlait-elle ? D'elle et de moi ? De nous quatre ?

C'est pénible de vous parler d'elle. On n'aura pas assez d'une séance. Je ne suis pas en colère. C'est plus violent encore. Bien sûr, elle vient en Grèce. On ne peut pas s'éviter indéfiniment. Ou il faudrait avoir le courage d'expliquer, de formuler les choses.

À vingt ans, la première fois qu'elle est tombée amoureuse, je me suis senti libéré. Pourtant je continuais d'intervenir dans sa vie, elle s'en plaignait à Dimitri. Je n'avais pas de relation sentimentale. Je veillais sur Hélène, qu'elle s'éloigne de son plein gré m'a délivré, mais a laissé un vide. Je ne me suis attaché à aucun des hommes de sa vie, pour la plupart sans intérêt. Je n'étais pas jaloux mais je déplorais son manque d'exigence. Elle se trompait, souffrait souvent à cause de garçons moins bien qu'elle. Avait-elle besoin d'être rassurée ? Ou un sentiment de supériorité ? Je l'ai laissée tranquille. Qu'elle puisse enfin vivre, pensait-elle. C'était surtout inévitable. Je ne pouvais plus la supporter. Ses mots trop bien articulés quand elle s'adresse à vous, son port de tête altier quand elle vous dévisage. Elle propose de faire les courses et vous reproche ensuite d'avoir dû les faire. Une chieuse, ma sœur chérie.

Cette aversion rendait Anouk furieuse. Il serait temps de couper le cordon, disait-elle. On se disputait à cause d'Hélène. L'enfance se resserrait autour de moi. Une enfance idyllique. Rien à dire. Trop paisible, croyait-on.

Petits, Hélène et moi, on fouillait, on cherchait le malheur, connaître l'irracontable. La vie de Yannis et de Lucchia, nos grands-parents paternels, la persécution, la déportation de leurs familles, leur venue en France. Comment savions-nous alors ce qu'ils taisaient ? L'effroi d'Hélène. Elle aimait ça. Je chassais ses peurs en niant les miennes. Invincible.

J'avais peu d'amis. Pas d'ami, mais Dimitri.

Il a disparu, je ne l'ai pas remplacé, les collègues de bureau, mon frère et mes sœurs, Anouk, nos enfants, me suffisaient.

Je ne vois plus personne, ma femme est désormais la seule à qui je parle encore. Une bonne raison pour entreprendre une thérapie, non ?

J'ai tenu le rôle qu'on m'avait assigné. Le grand frère responsable sur lequel on peut se reposer. Dimitri et Hélène incarnaient mes fantasmes, la liberté. Cousins, ils se ressemblaient plus qu'on ne se ressemble, Hélène et moi.

Elle vit seule, n'a pas d'enfant. Elle n'en voulait pas. Son métier l'accapare, ses parfums se vendent dans le monde entier.

Une seule fois, je me suis senti plus solide qu'elle. Elle était enceinte, elle avait besoin de moi. Le père n'était pas au courant. Je l'ai accompagnée, ramenée chez elle, bordée. On a regardé *Certains l'aiment chaud*, elle s'est endormie sur mon épaule, je suis resté jusqu'au lendemain matin. Elle était sans doute plus affectée par l'échec de sa relation amoureuse que par l'avortement. Est-ce qu'elle a regretté sa décision ?

Je ne savais rien de ses histoires d'amour, sinon qu'elles ne la rendaient pas heureuse. Déception à chaque fois. Je ne suis pas sûr qu'elle soit capable d'une relation épanouie, ni qu'elle aurait pu être mère. Trop égoïste. Cela vous paraît dur ? C'est ce que je pense. Je connais ma sœur.

Elle ne me manque pas, je ne crois pas lui manquer non plus. Elle n'a pas cherché à se rapprocher de moi quand j'ai pris un congé, ça aurait pu être l'occasion, elle n'a pas appelé. Mais j'ai trouvé une lettre de Dimitri que je n'ai pas comprise. Je suis allé chez elle. On s'est mis à parler de Dimitri. Ne plus parler des gens qui disparaissent les tue une seconde fois. Comment ne plus évoquer ceux qu'on a aimés ?

On avait, tous deux, ce besoin commun de faire revivre Dimitri. Mais ça a dérapé. Elle n'avait qu'à se taire, quelques années de plus, un siècle s'il fallait. Cette conne.

Je ne veux plus m'apitoyer sur le passé, je ne peux plus. Je tente parfois de retrouver les sensations. Les enfants dans la cabane. Réna et Élias se blottissant contre nous, leurs mains douces et potelées, leurs corps menus, le regard d'Hélène à l'autre extrémité de notre tanière. Nous étions leur père et leur mère, l'envie de les protéger nous unissait. Elle frappait à ma porte au milieu de la nuit, se couchait dans mon lit sans attendre de réponse, je ne protestais pas, on se rendormait.

On a mis en vente. Personne ne voulait se charger des visites. J'ai dû m'y coller. Je prenais la voiture, je roulais presque en pilotage automatique. C'est rassurant, une ligne d'horizon familière. Les champs, le clocher de l'église, la traversée du village, les bois dans l'ombre, puis la clarté soudaine avant que n'apparaisse le toit de la maison.

Je retrouvais l'agent immobilier, je n'avais pas envie de parler, je le laissais guider les visiteurs et observais ces intrus, essayant de les imaginer à notre place. Maman préférait une famille, des enfants qui nous survivraient. J'aurais voulu une personne seule cherchant un refuge. Mensonge, je m'en foutais, me blindais.

Un couple est revenu plusieurs fois, sans enfant. Ils en auraient un jour. Je n'ai pas demandé. Lors de leur dernière visite, maman a insisté pour m'accompagner, elle s'est emballée, exagérément. Elle posait des questions inutiles, affichait des sourires artificiels. Elle paraît douce et docile, ma mère, mais elle décide de tout. Elle voulait ce couple comme successeurs.

J'ai proposé qu'on traîne un peu, qu'on reste déjeuner, elle a refusé. Je suis devenu désagréable. Elle aussi. Je l'ai laissée se réinstaller sans mon aide dans la voiture. J'ai claqué la portière de mon côté et attendu qu'elle se débrouille. Ses gestes lents et précautionneux, sa posture de prudence m'ont rappelé Yaya, j'ai eu honte. Mais je ne pouvais plus revenir en arrière, la ménager et la traiter comme une vieille dame. Elle a failli trébucher, s'est cognée contre la boîte à gants. J'ai fait comme si je ne voyais pas, penché sur mes mails. Je me sens rougir rien qu'en vous le confiant.

Comment se rapprocher de sa mère lorsqu'on est un homme mûr ? Et quoi évoquer, quand le sujet des enfants s'épuise, quand l'intimité familiale est épineuse, quand le quotidien ne remplit plus les manques d'une bienfaisante futilité ? Qu'est-ce qui peut advenir dans la relation ? Faut-il continuer à enterrer les souvenirs, fermer les cartons, les emporter au loin ? Ou, au contraire, faut-il exhumer, faire surgir les énigmes qui se sont accumulées au fil des années ?

Je ne crois plus au pouvoir salvateur de la parole, je vous l'ai dit. Affronter ce qu'on a soigneusement évité, et espérer quoi ?

On s'est retrouvés à vider Somanges, les quatre enfants et ma mère. Un moment suspendu.

À la morgue. Réna et Hélène m'avaient précédé et se tenaient près de papa. Il était allongé dans son costume en tweed. Qui avait décidé pour le costume ? Ça m'a rendu fou. J'aurais pu hurler. Ce costume n'allait pas à mon père, pourquoi est-ce que personne ne m'avait demandé mon avis ? J'avais envie de les virer, de rester seul avec lui. Même à l'hôpital, elles m'en ont empêché. Comme si elles avaient élu résidence dans sa chambre. Ou une compétition entre sœurs, à qui serait la plus présente. Quelle bénédiction ce serait d'être fils unique. Mon père l'était.

On ne savait pas où se tenir autour de son corps. J'ai évité de regarder, de sorte que j'ai une vision floue de cet instant. Bien sûr, je devinais ses traits figés de momie. La peau cireuse, je l'avais étudiée sur le cadavre de Dimitri. J'avais touché son visage, un étranger. Cela avait embarrassé tout le monde, on m'avait demandé de sortir.

Qu'est-ce qui les choquait, la force de l'âge devant la fougue éteinte ? Je l'ai palpé comme j'examinais les poupées des filles, j'aime les matières, les matériaux. Dans la mort, le derme se tend, se glace. Qu'est-ce qui reste de la personne ? Ce qui frappe, ce sont les mains, même bleues et anormalement lisses, elles restent les mêmes. Les vêtements flottent sur les morts, ils paraissent déguisés. Le cou, surtout, semble perdu, rachitique comme celui d'un poulet. Dimitri était robuste, je lui enviais sa stature, il était minuscule dans son cercueil. Est-ce que tous les cadavres se ressemblent ? Je n'ai pas vu celui de mon père. Je me suis accroché au tissu de son costume.

On était ridicules, en cercle autour de lui, près d'un rabbin inconnu. Est-ce qu'ils le voyaient ? Élias n'est pas entré, le nez collé à la vitre dans la pièce attenante comme s'il admirait un jardin, il avait vue sur des bâtiments gris, un parking. On était à la morgue, putain. Qu'est-ce qu'il foutait ?

Maman est arrivée la dernière, escortée de ses amis. Elle a dit à Élias combien elle aurait aimé nous voir arriver ensemble ce jour-là plutôt qu'éparpillés, toujours. « Qu'est-ce que ça peut foutre ? » a murmuré Élias. « Élias », a protesté ma mère machinalement comme elle le faisait lorsqu'il désobéissait, enfant. « Tu viens ? » ont demandé les filles. « Non », il a dit sans se retourner. Et la situation s'est envenimée, il s'est mis à hurler. Qu'est-ce que foutait ce rabbin ici ? Avions-nous déjà vu papa avec un rabbin ? Est-ce que papa était pratiquant ? Est-ce que papa aurait aimé cette comédie ? On s'efforçait de le réduire au silence. Impossible, il était déchaîné. La vérité, c'est que j'avais envie de l'applaudir. Ma mère une fois de plus avait fait ce qu'elle voulait. J'admire mon frère, qui agit comme ça lui plaît, qui emmerde les autres, qui dit ce qu'il a à dire.

« Quelle comédie ? » disait ma mère. C'est la tradition. On a toujours respecté la tradition.

Il s'est calmé d'un seul coup quand le rabbin s'est mis à prier. On a entouré le cercueil, comme si rien ne s'était passé. Les filles ont croisé nos regards et commencé à rire, Élias a ri aussi, j'ai fini par suivre. Un vrai fou rire. Les gens se détournaient, gênés. Nos rires redoublaient. Un dernier moment de complicité. Le plus bel hommage posthume.

Dimitri mort, mon père mort. Je n'y pense pas. Ils se sont évaporés. Mes pensées pourraient-elles enrayer le phénomène ? Les convoquer parfois pour ne pas geler à l'intérieur ? Je n'ai pas la force, tout se barre, les douleurs, les désirs, même la violence. Imiter mon père, me pencher sur un établi, c'est tout ce que j'ai trouvé. Étudier le mécanisme des objets. Parfois, on m'en apporte du village. Je repère le système, démonte et remonte l'objet, pièce par pièce. Rien n'est plus satisfaisant que de le remettre en marche et constater que ça fonctionne.

La vieillesse, la mort, me terrifient, dit Anouk. Elle a tort. Je n'ai plus peur de rien. À force de le laisser croire, c'est devenu vrai.

Elle voudrait que je sois éloquent au téléphone, que j'exprime ma hâte de la retrouver. Je ne peux pas répondre à ses attentes. Le manque n'existe pas, il s'évapore aussi. Les êtres proches, vivants ou morts, sont à la fois absents et omniprésents, on ne se défait jamais tout à fait de leur influence.

J'ai la sensation d'avoir été emporté dans un courant incontrôlable. Ma résistance minable. Des petits actes sadiques. Imperceptibles. Maman m'appelait, au fond du jardin, je prétendais ne rien entendre, elle s'égosillait, finissait par venir me chercher, exsangue d'avoir couru. Mes sœurs tournaient autour du pot, je devinais ce qu'elles voulaient, je les laissais s'empêtrer dans des phrases maladroites. J'interprétais volontairement de travers une liste de courses, revenais avec la mauvaise marque de yaourts, je rentrais tard prétextant une urgence. Sadique, je vous dis. Fiable, en apparence seulement. Pas si bon fils, ni si bon frère, ou bon mari.

J'ai déçu ceux que j'aime. Ou ils m'ont déçu. À force de ne rien exprimer, a-t-on encore quelque chose à exprimer ? Et eux, que m'ont-ils manifesté toutes ces années, quelles paroles, quels actes m'ont prouvé leur indéfectible amour ? Est-ce qu'on aime mieux à distance ? Je m'interroge devant les grandes familles unies, les frères et sœurs adultes que rien ne semble avoir séparés, sont-ils meilleurs que nous ? Plus aimants ?

Si Somanges était notre socle, la terre s'est ouverte quand nous l'avons vendue. Tout l'amour enseveli.

Maman a tenu à faire bénéficier Élias et Réna d'une avance sur héritage. Avec l'accord de tous, elle s'est rendue chez le notaire. Grand bien leur fasse. Que de réunions pénibles pour nous informer de son intention. On savait qu'elle n'en ferait qu'à sa tête, mais il fallait qu'on écoute ses raisons, qu'on approuve. Ma mère a le sens du drame, et de la comédie. Au départ, elle pensait simplement leur donner plus qu'à Hélène et à moi, puis elle s'est ravisée. Une avance, notifiée officiellement, c'était mieux. Parce qu'Hélène avait mal réagi. Je n'ai pas besoin d'argent, ma sœur non plus. Mais cette situation l'a angoissée. Peur des lendemains ? Question de place auprès de maman ? Sans doute. Hélène n'est pas vénale même si elle est habituée au luxe. Elle trouvait cette décision ambigüe et périlleuse, a essayé de nous prévenir. Quatre enfants. Quatre parts égales. Si je pense à mes enfants, j'y adhère. Je ne voudrais pas que l'un d'eux se sente lésé. Somanges était notre héritage. Mes parents n'en ont pas eu. Mes grands-parents n'avaient rien, ou tout perdu. L'exil en héritage.

J'avais une passion pour mon grand-père paternel. Quand il disparaissait, je pleurais, quand il apparaissait, j'éclatais de rire, m'a-t-on raconté. Il est mort le premier, j'ai oublié la perte et le chagrin. Mais je me souviens de Lucchia, et de sa détresse. Je ne sais rien de leur rencontre, je sais les camps. Des survivants, leur retour à Thessalonique, leurs familles disparues, leurs maisons volées, occupées par d'autres. Peut-on aimer après ça ? Se sont-ils accrochés l'un à l'autre ? Quand et pourquoi ont-ils décidé de venir en France ? Lucchia était couturière, mon grand-père fabriquait des chaussures.

Je n'ai pas connu mon grand-père maternel, ma mère l'a effacé, de sa mémoire et de notre histoire. Il les avait abandonnées. Elle a grandi avec Yaya et sa sœur dans la communauté grecque orthodoxe.

C'est dans une fête de l'église que mes parents se sont rencontrés, je ne sais pas pourquoi mon père se trouvait là. Être grec, être juif, ne le définissait pas, disait ma mère, Yannis et Lucchia voulaient qu'il s'intègre, qu'il réussisse. Ils n'étaient pas pratiquants, ne croyaient pas à la communauté. Ils ont aimé ma mère grecque et goy.

Yaya a tenu longtemps un petit restaurant où Lucchia et Yannis se rendaient souvent. Étudiants à Paris, on y était tous les jours. Hélène et moi avons habité un moment le minuscule appartement au-dessus de la cuisine. Les odeurs sont les plus vivaces. Elles circulaient, on les retrouvait à Somanges. Mon père allait chercher ses parents pour qu'ils y passent le week-end. Il roulait en 2 CV.

Avant d'avoir la maison, dès que ma mère et lui le pouvaient, ils quittaient Paris. Ma mère fermait les yeux, posait son doigt sur la carte de l'Île-de-France. Le hasard désignait leur destination. Ce jour-là, ils ne l'avaient pas atteinte, ils avaient crevé. Pas de roue de secours, ils s'étaient assis au bord du chemin. Un homme à vélo s'était arrêté, leur avait promis d'envoyer quelqu'un. Le garagiste leur avait indiqué une auberge qui les accueillerait en attendant la réparation. Ils y avaient retrouvé l'homme à la bicyclette, avaient sympathisé, il les avait invités chez lui. Une petite maison croulant sous les roses à un kilomètre du village. Une maison de contes de fées, avait dit ma mère. Un salon avec une cheminée, une grande cuisine, un escalier en colimaçon, trois chambres, un grenier. Ils s'étaient exclamés devant le jardin fleuri, les arbres centenaires et les framboisiers. L'homme était veuf, la maison était à vendre. Ils en auraient rêvé mais ne pouvaient pas se le permettre. L'homme leur avait parlé des prêts immobiliers à long terme, cela les avait fait rire. Pourtant mon père s'était renseigné et, quelques jours plus tard, il annonçait à ma mère qu'ils auraient désormais un toit.

Par la suite, ils avaient appris que l'homme ne prenait jamais cette route, mais avait ce jour-là changé de trajet, que leur couple l'avait intrigué, elle enceinte et lui somnolant, la tête posée sur son ventre, comme s'ils avaient tout leur temps, devant leur voiture en panne. Il avait souhaité qu'ils vivent dans sa maison.

Telle était la légende de Somanges, qui m'a enchanté des années. S'ils n'avaient pas crevé, si l'homme ne s'était pas arrêté, à quoi tenait notre vie.

J'y ai fait mes premiers pas. Ma mère ne travaillait pas, elle m'a inscrit à l'école du village, mon père nous rejoignait le week-end, ils ne voulaient pas quitter Paris, mais les allers et retours le fatiguaient. Ils ont choisi la campagne. Pendant des années, Hélène et moi avons partagé la même chambre, avant que je ne prenne celle des jumeaux. Mon père a fini par aménager le grenier pour eux. Il voulait agrandir, retaper la grange au fond du jardin. Il ne l'a jamais fait, mais c'est là qu'il bricolait. Nous y avons commencé de petites, puis de grandes réparations. J'y ai appris à scier, à souder, à recoller.

Quelle aurait été ma vie si j'avais été fils unique ? Parfois j'en crevais. Pourtant comme j'ai aimé être un frère. Je détestais qu'ils aillent dormir ailleurs, je détestais quitter le nid, les camps de scouts, les chambrées de copains, les douches en commun, les ronflements et les vannes stupides, mais le souffle de mon frère, celui de mes sœurs, j'y tenais. Je ne bougeais pas, sentinelle de la maison, ils pouvaient vaquer, ils me trouveraient à la même place à leur retour. Je n'ai pas fait l'armée, j'ai été réformé, je suis entré à l'école normale à Paris, je n'étais jamais loin.

Lorsque j'ai rencontré Anouk, les jumeaux me voyaient moins, j'avais l'impression de les abandonner, alors j'ai déserté la maison. Trancher dans le vif.

Ma vie s'étiole. Les sensations se dérobent, les morceaux disséminés tissent une toile d'araignée dans laquelle je suis pris. Dimitri avait élevé une colonie d'araignées qui terrifiait les filles. Pourquoi continuer à vous parler du passé ? Je ne vous livre que ce que je consens à vous livrer, je vous manipule. Est-ce que tout ce qui compte, ce ne sont pas les faits ? Ce que je vais faire du reste de ma vie ? Quelles relations vais-je avoir ? En suis-je encore capable ? Gelé à l'intérieur. Un bloc de glace.

Autrefois, c'était facile de communiquer avec mon frère et mes sœurs. Un langage immédiat, des phrases interchangeables. Je déchiffrais entre les mots.

Je nous retrouve dans mes quatre enfants et me garde d'intervenir. Ils sont encore proches, ils s'éloigneront, ou pas. Le désespoir de ma mère devant la dispersion de ses enfants. Pourquoi lutte-t-elle ? Pourquoi se sentir responsable de nos choix, de nos réussites ou de nos échecs ? Si je ressens encore parfois de vrais transports de joie, ils viennent de mes enfants. L'amour indéfectible est pour eux.

La fièvre, l'exaltation, m'ont déserté, mais les ai-je jamais éprouvées ? N'ai-je pas toujours été mesuré ? Que ressent Élias ? Je m'en veux de ne pas avoir profité de ces deux heures pour l'interroger. Il se serait sûrement réfugié derrière son humour et ne m'aurait rien appris. Il tourne tout en dérision. A-t-il l'impression d'avoir renoncé ? Ai-je renoncé ? À quoi ?

J'ai pensé lui écrire, écrire à mes sœurs, pour leur dire ce qu'on ne se dit pas. Les mots couchés sur le papier se vidaient de leur sens. Peut-on écrire l'ambivalence, l'immuable et le ciment ? Je suis certain qu'ils savent sans avoir besoin de mots.

Les jours d'été à Somanges, nous dévalions la pente, plongions dans la rivière menaçante, trouble et visqueuse, mais la panique était feinte et joyeuse. On remontait en courant, essoufflés, on grelottait, le sol était trempé, ma mère protestait en vain, on fonçait pour être le premier à atteindre la douche, la promesse du jet brûlant sur la peau, faire durer pour le hurlement des suivants qui n'auraient que de l'eau froide. Mon image brouillée dans le miroir recouvert de buée. Leurs attaques à la sortie de la salle de bains, les coups dans le ventre, les griffes dans le cou. Nos hurlements, les éclats de rire et de colère mêlés.

On ne pouvait jamais prendre son temps, ni sous la douche ni aux toilettes, toujours quelqu'un posté derrière la porte, pressé. L'intimité n'existait pas. Je n'ai jamais pu me branler tranquille. J'en ai gardé une forme d'inhibition, sans cesse sur la réserve. Même mes fantasmes, mes aspirations, étaient étroits.

Élias, au piano, composait sans relâche, sans limites, mais cela lui importait peu, il serait aventurier, il explorerait le monde, j'écoutais inlassablement ses divagations. Il me montrait sur des magazines le bateau sur lequel il voyagerait, on était devenus experts en voiliers. J'ignore quand il s'est transformé en ce personnage narquois, ne m'appelant plus que *l'intello*. L'ai-je méprisé sans m'en rendre compte ?

J'ai voulu qu'elle meure. Élias a cru que je plaisantais. Elle aurait pu crever sous mes yeux. Je n'ai pas fait un geste. Est-ce que ça fait de moi un meurtrier potentiel ? Un monstre, certainement. Quelques secondes, est-ce que ça compte ? Est-ce que ça vaut la peine d'en parler ? J'avais besoin de le dire à Élias. Pour lire dans son regard si ça compte. Il est l'heure, non ? Il faut quand même prendre le temps de nous dire au revoir. Ce serait abrupt de se quitter comme ça.

HÉLÈNE

Elle se gara au bord de la route, en contrebas de la chapelle. Elle prit soin de serrer le frein à main et ouvrit précautionneusement la portière. Quand elle mit pied à terre, elle évita de regarder en bas et marcha vite. C'était fermé. À l'arrière, une porte était entrouverte, le chemin pour y accéder longeait le sentier, ne pas regarder en bas. La chapelle surplombait la partie la plus inhabitée de l'île, la vue était magnifique, elle la devinait mais ne pouvait pas l'admirer. Le vertige, toujours.

Elle entra. Cela sentait l'encens. Une odeur de son enfance. L'église avec Yaya. Elle chercha dans sa poche et déposa quelques euros devant les cierges, compta. Cinq cierges pour leurs morts. Au moment d'allumer les flammes, elle se moqua d'elle-même. Personne n'était là pour partager l'absurdité de son geste. Depuis quand allumait-elle des cierges ? Elle les reposa mais ne reprit pas les pièces.

La nef était petite, les vitraux laissaient passer des rayons de lumière dans lesquels scintillaient des grains de poussière. L'instant d'après, elle n'eut plus envie d'ironiser. Elle aurait pu s'agenouiller devant l'icône. Elle s'assit sur un banc, frissonna, fouilla dans son sac, en sortit une écharpe qu'elle enroula autour de ses épaules. Elle inspira profondément, quelques secondes immobiles, essayant de se concentrer, mais les pensées se bousculaient. Il fallait racheter des fruits – Élias et Réna arriveraient dans la nuit, ils en auraient peut-être envie –, et proposer à Saul d'aller les chercher au débarquement. Ses nuits étaient agitées, se lever à trois heures du matin ne la dérangerait pas. Ce serait bien, ce geste envers Réna. Comment était l'église de Somanges ? L'un d'eux y était-il jamais entré ? Avait eu la curiosité ? Une église assez belle, imposante, gothique. Un effluve poivré lui parvint, lui rappelant qu'elle portait l'écharpe d'Antoine.

Il mettait un de ses parfums, elle n'avait pu s'empêcher de le faire remarquer, lorsque Juliette les avait présentés. Elle l'avait aussitôt regretté parce qu'il l'avait dévisagée sans comprendre. Ou bien il avait pensé que tous deux portaient le même parfum, qu'elle y voyait un signe, pire qu'elle avait respiré son odeur.

Il était trop tard pour se rattraper, il aurait fallu expliquer le métier qu'elle exerçait, répondre à ses questions. Il se serait certainement senti obligé d'en poser, et elle avait l'intuition que ce n'était pas le genre d'homme qui s'embarrassait de discours superflu.

Plutôt le genre de Saul, choisir le silence, aucun effort. Une réserve pouvant passer pour de la condescendance, d'ailleurs son frère était condescendant.

Son intuition s'était révélée juste. Ils étaient placés l'un à côté de l'autre à table, et Antoine ne disait rien. Ils étaient pourtant peu nombreux, la conversation légère et les convives à l'aise. Ils se connaissaient tous, sauf Antoine et Hélène. Il aurait pu faire semblant de s'intéresser à sa voisine, simplement se montrer bien élevé. Devait-elle se tourner vers lui et lui demander carrément pourquoi il ne prenait pas la peine de lui adresser la parole ? Il lui avait passé un plat et elle avait renversé de la sauce sur son pull.

« Attention ! »

Il avait esquissé un geste pour nettoyer et lui avait finalement tendu une serviette, elle avait esquivé le regard fixé sur elle et frotté la tache qui avait disparu aussitôt sur la laine. Quand elle lui avait rendu la serviette, elle avait dit la première chose qui lui était venue à l'esprit.

« Vous êtes un ami de Juliette ou de Marc ? »

« Aucun des deux, je travaille avec Juliette en ce moment. »

Puis plus rien. Elle avait saisi son couteau et sa fourchette et entrepris de couper la viande en prenant garde de ne pas faire gicler la sauce. L'agneau sentait fort l'ail. Ils ne se regardaient déjà plus. D'ailleurs, s'étaient-ils regardés ? Elle aurait dû poursuivre. Était-il décorateur ou architecte comme Juliette ? La question qu'elle n'avait pas posée planait. Quelle importance que l'échange se poursuive.

« Je suis souffleur de verre », avait-il dit soudain.

Elle avait laissé échapper une exclamation rauque et malhabile.

« Vous ne me croyez pas ? »

« Ça existe encore ? »

« Bien sûr. Verrier, si vous préférez. »

« À Paris ? »

« Oui. J'ai un atelier. »

« Et vous ? Vous êtes nez, m'a-t-on dit, vous travaillez à Paris ? »

« Oui, et à New York. Quels genres d'objets fabriquez-vous ? Je veux dire, pour l'industrie ? Ou pour des boutiques plus spécifiques ? »

« Les deux. Pour des particuliers aussi, c'est comme ça que j'ai rencontré Juliette. »

« J'aimerais beaucoup visiter votre atelier », avait-elle dit.

Juliette s'était levée pour débarrasser, elle l'avait imitée, suivie par d'autres et, pendant quelques minutes, ils avaient effectué des va-et-vient de la cuisine au salon. Hélène ne pensait qu'à la dernière phrase qu'elle avait prononcée, il avait dû penser qu'elle voulait le revoir, qu'elle cherchait un homme, et elle se sentait mortifiée. Le dîner s'était poursuivi sans qu'ils aient l'occasion de se reparler mais peut-être ne le souhaitait-il pas ? Plus le temps passait, moins il aurait été judicieux de revenir sur cette visite de son atelier. Ils étaient sortis de table, elle l'avait observé tandis qu'il déambulait devant la bibliothèque de Juliette et Marc, se penchant parfois pour lire un nom, un titre sur le dos. À deux occasions, il avait sorti des lunettes de la poche de sa veste, avait feuilleté un livre et l'avait rangé. Quelqu'un s'était approché pour lui parler et elle n'était pas parvenue à entendre ce qu'ils disaient. Elle ne connaissait pas son prénom, ni son nom. Elle ne s'intéressait plus aux hommes seuls dans les dîners, se foutait désormais d'être la célibataire consacrant sa vie à sa réussite professionnelle. Elle ne souffrait plus des critères sociaux auxquels elle ne correspondait pas, parce qu'elle l'avait décidé.

Il n'était pas très grand, les cheveux lisses, épais, poivre et sel, il commençait à se dégarnir sur les tempes, il avait de larges épaules, des mains carrées, aucun signe distinctif particulier. Ni beau, ni laid. Pourtant, toute son attention était tournée vers lui. À aucun moment il n'avait levé les yeux sur elle. Il était parti parmi les premiers. Quand ça avait été le moment de la saluer, il s'était penché naturellement et l'avait embrassée comme il avait embrassé les autres. Il n'était pas rasé, piquait, c'est ce qu'elle avait pensé. Il avait dit sans sourire : « Je vous attends donc à mon atelier. »

Elle avait trouvé la plaisanterie mauvaise et impolie. Les jours suivants, elle avait pris garde de ne pas interroger Juliette à son sujet.

Son téléphone avait sonné alors qu'elle était au volant, elle avait crié de ne pas quitter, elle branchait son kit mains libres.

« Bonjour, c'est Antoine Message. »

« Antoine Message ? »

« On s'est rencontrés chez Juliette et Marc, vous aviez envie de visiter mon atelier. Je n'étais pas à Paris, je viens de rentrer, c'est quand vous voulez. »

« Ne quittez pas. »

Elle avait garé la voiture sur une livraison.

« Vous vous appelez vraiment Message ? À quel moment je ne vous dérangerais pas ? »

« Demain en fin d'après-midi si vous voulez. »

« Ce n'est pas possible. Jeudi ou vendredi ? »

« Vendredi. Je vous donne l'adresse. »

Elle avait cherché fébrilement un stylo dans son sac, noté l'adresse. Après avoir raccroché, elle avait aussi inscrit le numéro de portable qui s'était affiché. L'atelier, au nord de Paris, se trouvait à l'exact opposé de ses bureaux et de son appartement. Il fallait donc agir comme s'il était normal de visiter l'atelier d'un inconnu dont l'activité la laissait froide.

Elle avait attendu la fin de la semaine avec la même angoisse que le coucher de soleil quand elle était petite. Revêtir chaque minute d'une saveur particulière, ne rien laisser filer, mais le jour finissait par décliner. Elle se cachait sous ses couvertures, allumait une lampe de poche et guettait le pas de Saul. Dès qu'elle l'entendait, elle courait le rejoindre.

Elle avait cherché sur Internet des informations concernant les souffleurs de verre, les exposés convenus ne lui avaient rien appris. Elle s'était souvenue des vitrines de Venise, le verre de Murano qui passionnait Yaya. Sa grand-mère se serait précipitée chez un souffleur de verre. Souffleur, le terme lui plaisait. Pourquoi la faisait-il venir ? Par narcissisme ? Est-ce qu'il l'inviterait à dîner ? Non, dix-sept heures, c'était un peu tôt pour qu'il ait l'intention de dîner. Comptait-il vraiment lui parler de son métier ? Il s'agissait alors d'un rendez-vous professionnel. Elle s'y rendrait comme si c'était le cas, ses cheveux noués dans la nuque, une tenue sobre. Aucun artifice. Il ne pourrait pas se douter qu'elle attendait quelque chose de lui. Évidemment qu'il l'imaginait, elle l'avait cherché. Elle avait initié une partie qu'elle ne voulait pas jouer. Ne rien espérer. Ou elle serait encore déçue. Mais, parfois, le simple fait de rêver ce qui pourrait arriver lui suffisait. Alors se laisser aller à fantasmer une rencontre. Il était probable que l'attirance qu'elle avait ressentie s'évanouisse en le revoyant.

Il faisait froid et il pleuvait le jour du rendez-vous. Elle avait pris le métro, son parapluie s'était retourné dans la rue et, lorsqu'elle était parvenue devant la porte cochère, elle était transie et trempée. On accédait à une rue pavée dans laquelle se succédaient de petites maisons. Tout semblait désert, Paris était loin. La cinquième maison, avait-il dit, elle s'efforçait de compter quand elle l'avait aperçu, assis sur les marches. Il s'était levé d'un bond, lui avait fait un geste de la main. Il fumait la pipe. Cela l'avait frappée. Elle ne connaissait personne qui fume la pipe en dehors de son père, ou alors de vieux messieurs. Elle avait eu envie de faire demi-tour. Comment n'avait-elle pas reconnu l'odeur lors du dîner ? Aucun parfum ne lui échappait, elle avait un flair à toute épreuve, disait son père.

À six ans, grâce à son odorat, elle pouvait retrouver les bonbons cachés par leurs frères. Réna cessait de sangloter. Elle était prête à tout pour que Réna ne pleure pas. Mais sa sœur était une fontaine, ses larmes jaillissaient au moindre désagrément. Tu le fais exprès, lui disait-elle parfois, et Réna se remettait à pleurer.

Antoine lui avait pris le bras pour l'entraîner à l'intérieur.

« Venez vous sécher. »

Il sentait le feu de cheminée et un tabac plus corsé que celui de son père. Elle avait craint qu'il ne lui propose de se changer dans une pièce adjacente, de revêtir un de ses pull-overs. Il n'avait rien fait de tout ça, d'ailleurs il n'y avait pas d'endroit où s'isoler dans l'atelier. Une seule pièce un peu froide, vitrée, une grande table, des étagères, des outils, un vieux canapé où personne n'aurait eu envie de se blottir, un tabouret curieusement placé loin de la table de travail.

« Vous travaillez debout ? »

« Oui. Vous voulez du thé ? C'est tout ce que je peux vous offrir. »

Il s'était dirigé vers un coin sombre et avait branché une bouilloire, posé deux tasses avec des sachets devant elle, sans attendre de réponse. Alors que l'eau dans la bouilloire électrique commençait à bruisser, il s'était retourné. Ils s'étaient regardés, aussi interdits l'un que l'autre. Il avait fait un pas vers elle.

« Vous... »

Il n'avait pas terminé sa phrase et avait déposé un baiser léger sur ses lèvres, s'y attardant comme s'il ignorait quoi faire ensuite, elle avait noué les bras autour de son cou, il l'avait serrée et ils s'étaient embrassés sans reprendre leur souffle. Quand ils avaient arrêté, ils étaient restés collés l'un à l'autre, le visage enfoui sans oser se faire face. La sonnerie stridente de la bouilloire les avait obligés à se détacher. Ils ne s'étaient plus regardés, ne s'étaient pas parlé. Ils avaient baisé sur le tabouret, puis sur le canapé. C'était la première fois que ça lui arrivait. Ils n'avaient pas bu de thé, elle s'était rhabillée très vite, soudain gênée qu'il la voie nue, elle frissonnait, il n'habitait pas loin, il l'avait emmenée chez lui. Là, ils s'étaient assis l'un en face de l'autre autour d'une petite table et avaient mangé des pâtes sans éprouver toujours le besoin de parler, ils s'étaient couchés et avaient refait l'amour. Le lendemain matin, elle avait quitté l'appartement comme au sortir d'un rêve. Une fois chez elle, elle avait réalisé qu'elle en savait aussi peu que la veille sur Antoine Message. Aurait-il envie de la revoir, et le voulait-elle ? Elle l'ignorait.

Elle ne bougeait pas, la fraîcheur de la chapelle lui faisait du bien. Elle regarda son portable. Pas de texto. Elle le remit dans son sac plutôt que dans sa poche, déterminée à ne plus vérifier. Saul devait se demander où elle était. Elle se leva et se dirigea vers la porte. Puis elle se ravisa et revint sur ses pas. Elle reprit les cierges qu'elle avait déposés, les alluma et les posa un à un dans les bougeoirs. Le chiffre cinq rendait difficile le lien avec les morts, songea-t-elle. Cinq disparitions successives, cela faisait beaucoup. Elle s'en voulait de laisser leur souvenir s'évanouir, même si parfois elle ressentait très vivement leur présence. Un geste, une habitude, transmis imperceptiblement et qui perduraient. Une recette de Yaya, un jeu de cartes de Lucchia et Yannis, la façon de faire le feu de son père, une chanson que Dimitri fredonnait. Est-ce qu'elle aurait dû penser plus à son père ? Elle était au milieu d'un cercle, une étendue lisse, parfois les morts y faisaient des ricochets, réapparaissaient grâce à d'infimes signes, et le cercle s'élargissait.

Elle se tenait devant l'autel, et fut tentée d'avancer encore. L'endroit interdit chez les orthodoxes. Ils n'étaient pas pratiquants mais, lors des mariages, des enterrements, elle se faufilait entre les jambes de ses parents et suivait le prêtre jusqu'à l'iconostase. On se récriait et on l'obligeait à faire demi-tour. Ne jamais pénétrer en cet endroit de l'église, lui expliquait-on, elle ne comprenait pas.

Elle fit quelques pas et se retrouva au milieu de l'autel, elle était seule, et sa transgression laissait le ciel indifférent.

Elle avait été réticente à l'idée d'une réunion de famille en Grèce, chez Saul de surcroît. Elle avait cédé devant l'insistance de sa mère qui les voulait tous les cinq sous le même toit.

« Une maison, avait-elle dit, crée des liens différents, la perte de Somanges les a distendus, cohabiter c'est important. »

« J'avais cru comprendre que tu détestais l'idée que Saul achète une maison. »

Hélène n'avait pu résister à l'envie de provoquer sa mère.

« Qu'est-ce qui te fait dire ça ? » avait demandé celle-ci.

« Tu n'as pas cessé de critiquer, la maison était trop petite pour recevoir la famille, l'île trop loin d'Athènes, le village trop isolé. Tu as même dramatisé, comme c'était triste qu'il emménage au moment où toi tu perdais ton foyer. »

« Je ne veux plus discuter avec toi, Hélène, on ne peut pas discuter avec toi. »

« Ce ne sont pas des discussions, maman, que des reproches dont tu m'accables à chaque fois que l'on se voit, mon incompréhension, mon égoïsme, ma chance, ce que je ne fais pas pour mes frères et ma sœur, ce que je fais et qui ne convient pas, rien ne trouve grâce à tes yeux. »

« Tu es dure, tu n'as donc aucune compassion pour les autres, tu ne les vois même plus. »

« Encore un reproche. Et moi ? Quelqu'un me demande comment je vais ? Comment je vis sans enfant ? Est-ce que je suis fatiguée de voyager ? Est-ce que je me sens seule parfois ? »

« Tu as toujours affirmé ne pas vouloir d'enfant, ne pas vouloir d'homme dans ta vie. Tu voulais réussir, tu as réussi. Je suis fière de toi, on est tous fiers de toi.

Tu aimes voyager, tu voyages. Tu as de la chance, tu mènes la vie que tu voulais. »

« Tu crois ? Et les autres ? Saul ? Élias ? Réna ? Ils ne mènent pas la vie qu'ils voulaient ? »

« Comment oses-tu ? Avec ce qui est arrivé. »

« Je ne pensais pas à l'accident, maman, je parle de la vie de ma sœur et de mes frères, personne n'est à plaindre. Tu te souviens de ce que disait Yaya, mieux vaut faire envie que pitié, tu acquiesçais. Ta force de vie, ta fierté, me pesaient parfois, je devais lutter pour être à la hauteur. Mais où sont-elles passées ? On serait des victimes, maintenant ? »

« Ma chérie, tu es si dure. Tu ne vois pas combien j'ai du mal à vivre sans ton père ? Et tu n'imagines pas à quel point c'est difficile de voir ses enfants se déchirer, ou de les voir souffrir. »

« Maman, tu n'es pas responsable de nos déboires, de nos désillusions, tu n'es pas toute-puissante, tu ne peux pas contrôler nos relations, tu ne peux pas savoir ce que ressentent réellement tes enfants adultes. »

« Je ne veux plus parler. »

« Tu pleures encore ? Tu ne te demandes pas ce que je ressens à voir ma mère pleurer ? »

« Alors, ne me fais pas pleurer. »

« J'essaye de t'ouvrir les yeux, pour que tu ailles mieux. »

Elle avait haussé la voix, tenté de ne pas se laisser avoir.

« Pour que j'aille mieux ? s'était écriée sa mère. C'est terrible comme nous ne nous comprenons pas, si ton père assistait à ça. »

« Assister à quoi ? S'il était encore là, tout serait différent, tu le sais bien, mais tu te caches derrière une idée de nous utopique. »

« Tu me fais tellement de peine. Donc tu ne viendras pas ? »

« À quoi bon ? Je vois si peu mes frères et sœur, je n'ai plus de famille. »

« Tu l'as abandonnée. »

« Tu vois ? C'est encore de ma faute. Parlons d'abandon. »

« Qu'est-ce qui t'a rendue si amère ? Tu es amoureuse, paraît-il ? Cela devrait te faire du bien. Et tu ne m'as rien raconté. Je l'ai appris par hasard. »

« Tu m'aurais dit que j'avais de la chance et m'aurais reproché les problèmes sentimentaux des autres. »

« Tu es injuste. »

« C'est toi qui es injuste. »

« Tu ne mesures pas ma solitude. »

« On est tous seuls. »

Elles s'étaient interrompues brusquement comme au milieu d'une phrase. Hélène avait ouvert la fenêtre, pris une inspiration. Le temps que sa mère se mouche, se ressaisisse. Elle s'était penchée, lui avait effleuré la joue d'un baiser et avait murmuré que ça n'avait pas d'importance, elles seraient toujours mère et fille. Elle avait refermé doucement la porte du petit appartement. Elle avait dévalé l'escalier, en sautant les deux dernières marches, envahie par la même joie fébrile que lorsqu'elle était petite. Un élan suivi d'une déchirure dans la poitrine. Elle avait quand même couru dans la rue, jusqu'à sa voiture. Elle avait dû attendre quelques minutes interminables avant de mettre le contact. Ne serait-elle plus jamais capable de courir sans défaillir ? Courir comme si elle volait, légère comme une feuille. Les battements de son cœur s'accéléraient, un tempo prompt et persistant, malgré le bruit du moteur, la radio. Elle s'était mise à chanter à tue-tête. Elle n'avait parlé à personne de sa relation avec Antoine. Comment sa mère était-elle au courant ?

Il l'avait appelée quelques jours après leur première nuit. Elle rentrait chez elle, chargée de sacs en plastique qui lui sciaient les doigts. La sensation douloureuse serait mêlée pour toujours au son de la voix d'Antoine, au parfum des yaourts à la fraise, crevés et renversés sur le bitume alors qu'elle décrochait.

Il l'avait invitée à dîner, c'était simple et direct, presque joyeux, aux antipodes des scénarios navrants qu'elle avait échafaudés. Devant cet étranger déjà familier, elle s'était sentie comme une funambule sans filet, tentant de jongler avec les mots. Et puis soudain, en apesanteur. En quelques heures, elle lui avait dit ce qu'elle taisait, Dimitri, Saul, Réna et Élias, arrachés au silence accablant. Elle avait été surprise en sentant des larmes couler sur sa joue.

Elle ne pleurait jamais. Ses yeux secs qu'elle fixait des semaines dans le miroir, jusqu'à cligner, à l'affût d'une goutte salée qui ne venait pas. Un jeu qui la liait à Réna la pleureuse, convoquer leur plus grande tristesse. Hélène n'en trouvait aucune et tentait de se servir des drames de leurs grands-parents, incapable de verser la moindre larme. Cœur sec, disait Réna sans le penser. Cœur sec, pensait parfois Hélène.

Ils avaient quitté le restaurant précipitamment.

Une sorte de rituel s'était établi, elle allait chez lui, il venait chez elle, ils passaient leur temps libre ensemble, elle s'étonnait que ce soit si limpide, presque amusant. Ses déplacements professionnels l'éloignaient et elle en souffrait. Chaque fois, les pleurs, insolites et miraculeux, revenaient. Elle sanglotait dans l'avion, honteuse de ne pouvoir se retenir. Elle était certaine de ne jamais le revoir, elle le perdrait. À son retour, il était là comme une évidence, ridiculisant ses craintes.

Elle sortit de la chapelle et démarra en trombe, elle dût ralentir, aveuglée par la clarté si vive que des gouttes perlèrent au bord de ses paupières. Elle manqua la bifurcation que Saul lui avait indiquée et fit demi-tour. Assises sur un banc, deux vieilles femmes la regardaient manœuvrer, les traits de Yaya et de Lucchia sur leurs visages, elle leur sourit. Elles ne réagirent pas et continuèrent de la fixer jusqu'à ce qu'elle les voie disparaître dans le rétroviseur. Elle aimerait leur ressembler un jour, des rides sur la figure, et ne plus aspirer qu'à la contemplation.

La maison de Saul surgissait dans la montée derrière un olivier. Roule doucement, avait-il précisé. Les pierres semblaient se jeter sous les roues dans un vacarme inquiétant. Elle se gara, coupa le moteur et resta assise à humer les senteurs de la terre baignée de soleil. Saul et sa mère étaient dehors malgré la chaleur, deux ombres qui se baissaient et se redressaient pour accrocher du linge sur un fil tendu entre deux arbres. L'instantané balaya les parfums de la terre grecque et, quelques secondes, ce furent ceux de Somanges. Puis plus rien. Une minute d'amnésie à toutes senteurs, et des larmes encore, intarissables. D'où venaient-elles ? Elle les maîtrisa, se sentit oppressée, défit vite la ceinture de sécurité et courut presque vers eux, dans la lumière écrasante.

« Vous voulez de l'aide ? »

« On a fini », dit leur mère.

Elle ignora l'agressivité dans la voix. Leur cacher qu'elle était devenue perméable, une pleureuse.

« J'irai chercher les jumeaux. »

Saul et leur mère se figèrent. Les jumeaux. Personne ne disait plus les jumeaux.

« Tu es sûre ? » demanda Saul.

« Oui, ça me fait plaisir. »

« Je ne crois pas que ce soit une bonne idée », dit sa mère.

Hélène se retint, ne rétorqua pas.

« Mais si, dit Saul, ça m'arrange, j'ai du mal à me lever au milieu de la nuit. »

Leurs regards s'évitaient depuis son arrivée la veille, ils ne tiendraient pas longtemps à ce jeu-là.

Saul avait travaillé sans relâche, sa silhouette efflanquée était celle de leur père. Elle n'avait pas osé approcher du garage. Elle l'avait aperçu, le dos courbé, et ressenti un malaise. C'était si incongru. Quoique, une autre image se superposait. Saul enfant, pouvant rester des heures auprès de leur père à l'horlogerie. Élias s'était étonné du changement de vie de leur frère, elle n'avait pas été surprise.

Son métier à elle avait toujours suscité de la méfiance. Hélène s'était emparée de l'histoire de la famille et s'en était servi pour sa propre réussite. C'était ce qu'ils pensaient. Le lancement d'un de ses tout premiers parfums avait été mémorable. Élias se faisant le porte-parole des trois autres. Ils étaient contents pour elle mais sceptiques, et un peu choqués, ces senteurs leur étaient si familières. Qu'est-ce qu'elle avait mis dans le parfum ? Elle avait éclaté de rire. Ou bien non, elle ne se souvenait plus, elle lui avait ordonné de la fermer. Avec quoi était-elle censée travailler ? Ses sensations étaient son matériau.

Leurs relations avaient-elle commencé à se dégrader avec ses premiers succès de parfumeur, ou bien était-ce lié à la mort de leur père ? Les deux événements dataient de la même époque. Ils étaient indissociables l'un de l'autre. Elle avait apporté un flacon à l'hôpital, les articles de presse louant son talent. Son père n'avait pas fait de commentaire. Peut-être qu'il n'en avait plus la force.

Saul ne l'attendait pas sur le port, au milieu de la nuit. Le fils d'un ami, qui était sur le même bateau, l'avait déposée chez son frère. Un petit mot sur la table lui souhaitait la bienvenue et lui indiquait sa chambre. Ni leur mère ni Saul ne s'étaient levés pour l'accueillir. Elle avait failli aller réveiller son frère, mais la peur de l'affronter l'avait retenue. Ou le gifler dans son sommeil. Elle manquait de courage. Elle finissait par tout accepter. Saul et elle ne s'étaient pas retrouvés en tête-à-tête depuis son arrivée la veille. Ils avaient fait les courses avec leur mère, puis elles étaient descendues à la plage tandis que Saul s'était isolé pour travailler. Le dîner avait été curieusement détendu, ils avaient évoqué la cuisine de Yaya, et Saul avait noté les recettes dont leur mère se souvenait. Depuis quand cuisinait-il ? Elle s'était gardée de le railler. Quand leur mère était montée se coucher, il l'avait suivie sans un mot pour sa sœur, l'abandonnant sur la terrasse. La lune était pleine et se reflétait sur la mer, le ciel zébré de traînées diaphanes, dont la vue l'avait plongée dans un état hypnotique. Elle n'avait pas bougé. Elle aurait pu rester là toute la nuit, mais le bruit d'un objet renversé l'avait forcée à émerger. Elle avait fait le tour de la maison, chaque détail ressemblait à Saul. Où était la place d'Anouk ? Des livres partout, pour la plupart empilés à même le sol, des lunettes loupe disséminées dans les pièces, un désordre maîtrisé. Elle croyait tout connaître de son frère, et lui pensait tout savoir la concernant. Soudain, ils n'avaient plus rien su, au bord du néant. Que faisait-elle là ? Pourquoi avait-elle accepté de venir ? Pour ne pas se sentir en reste ? Par devoir ? Avait-elle enfoui l'espoir que quelque chose surviendrait entre eux ? Elle était prête à affronter le pire, mais que signifiait le pire ? Était-il devant eux ou derrière eux ? Elle se sentait sur le point de percer une énigme qui se dérobait infiniment. Elle avait soudain eu envie de s'emparer de la bibliothèque, de la jeter à terre et de tout mettre en lambeaux, jeter les livres à la figure de Saul, l'ensevelir sous leur poids.

Quand elle était passée devant la chambre de son frère, elle était sûre d'avoir vu un trait de lumière sous la porte. Puis plus. Elle s'était délectée à l'idée qu'il puisse la guetter et la craindre. Sinon pourquoi éteindre furtivement ? Avait-il peur qu'elle frappe ? Qu'elle le regarde dans les yeux et le confronte ? Cette pensée l'avait grisée, puis effrayée. Croyait-il qu'il pourrait fuir éternellement en jouant la comédie de la famille réunie ? Elle n'était plus sa sœur soumise et dévouée, elle avait triomphé de sa dévotion sans bornes à son grand frère inaccessible. Déchu. Mais la victoire était parfois amère.

Elle avait pris soin de claquer sa porte, espérant qu'il sursauterait. Un parfum indéfinissable l'avait assaillie, cela provenait des draps ou du sommier. Elle s'était mise à renifler le matelas, traquant l'odeur. Puis elle l'avait entendu marcher sur le palier, descendre l'escalier, et elle avait bondi hors du lit. Il avait trébuché, ou s'était cogné, il avait poussé un cri de douleur. Elle avait retenu son souffle, en sentant sa présence de l'autre côté de la cloison. Hésitait-il ? Ou voulait-il la rendre folle ?

Pendant quelques années, il avait été adolescent et elle encore une enfant. Il sortait le soir et elle l'attendait, se cachait dès qu'il approchait. Il l'injuriait en la découvrant derrière la porte de sa chambre, la renvoyait dans la sienne où elle ne trouvait pas le sommeil. Parfois, pris de remords, Saul venait s'asseoir au pied de son lit. Ils échangeaient des propos insignifiants qui l'apaisaient. Il ne l'embrassait plus, mais câlinait encore Réna qui se débattait, refusant ses baisers.

Elle était paralysée, le devinant sur le point d'entrer. Il s'était ravisé et était retourné dans sa chambre, elle s'était recouchée en enfouissant son visage dans l'écharpe d'Antoine. Un effet anesthésiant qui l'avait assoupie.

Saul chargea le panier de linge sur ses épaules et Hélène tendit la main pour aider leur mère à gravir les marches de la terrasse. Sa mère ne la saisit pas, faisant signe qu'elle pouvait se débrouiller. Saul se retourna pour les regarder.

Dans leurs longues promenades d'enfants, il était toujours en tête, s'arrêtant régulièrement pour les attendre. Élias et Réna accrochés l'un à l'autre. Hélène tenant la main de leur mère qui entonnait une chanson grecque. Ils la reprenaient en chœur puis rentraient se réchauffer près de la cheminée. Hélène aidait leur mère à faire la tarte, elle la regardait étaler la pâte avec le rouleau à pâtisserie, préparait les ingrédients, coupait les fruits, les disposait en rond, constituant une rosace comme celles qu'elle dessinait à l'école. Ils se disputaient pour avoir la plus grosse part, se frappaient parfois, leur mère les séparait. Réna répétait sa chorégraphie pour le spectacle de l'école.

Hélène se forçait souvent à se souvenir de sa grâce d'alors pour avoir conscience de la maladresse d'aujourd'hui.

Hélène avait insisté pour que Réna monte dans la voiture le soir de l'accident et avait presque réussi à occulter la raison pour laquelle elle tenait tant à la présence de sa sœur. Ce non-dit planait entre elles, se déplaçant comme un nuage dans un ciel instable, les empêchant de se rejoindre vraiment. Mais Réna avait parlé à leur mère, Hélène en était sûre, cela expliquait le changement d'attitude de cette dernière à son égard et la réprobation permanente. Pourquoi étaient-ils incapables de se réconforter les uns les autres ?

Il y avait eu un autre accident quand ils étaient petits. Ils dormaient profondément. À cette époque, on n'attachait pas les enfants, les normes de sécurité n'étaient pas si draconiennes, une chance pour leurs parents, qui les entassaient à l'arrière de la 2 CV.

Le choc l'avait réveillée, un cri, les lumières éblouissantes des phares dans la nuit. « Vous n'avez rien ? » répétait leur père. Élias s'était mis à hurler, leur mère l'avait pris dans ses bras, Saul tenait Réna qui réclamait aussi maman. Ils avaient dû sortir dans le froid et attendre les secours.

« Y a-t-il des blessés ? »

« Pas de blessé. »

« Ma chérie, ne reste pas là », avait dit leur père.

Elle se cramponnait à sa jambe et tentait d'intercepter la conversation des adultes. Son père, ne parvenant pas à se débarrasser d'elle, lui caressait la tête de temps en temps.

« Hélène, viens, maman t'appelle », avait dit Saul.

Il l'avait entraînée vers leur mère, assise sur le bas-côté de la route, les jumeaux sur les genoux.

« Une dame va nous conduire à Somanges. »

« Et papa ? »

« Il nous rejoindra. Il doit parler avec la police. »

Quand leur père était revenu vers eux, du sang coulait sur sa tempe.

« Tu saignes », avait fait remarquer Saul.

« Pourquoi tu saignes ? » avait pleurniché Réna.

« Ce n'est rien », avait dit quelqu'un.

Son père avait porté un tissu blanc sur son front, qui s'était gorgé de sang en un instant. Il les avait accompagnés jusqu'à une grande voiture garée près de la leur dont le capot était enfoncé, la tôle ondulée. Elle avait senti une odeur d'essence très forte et de cramé. Élias s'était débattu, il refusait de partir sans papa. Saul avait dû le faire entrer de force dans la voiture, où il avait continué à donner des coups de pieds. Elle avait mis les mains sur ses oreilles comme si cela avait pu suffire à atténuer les hurlements.

« Qui va soigner papa ? Il ne va pas dormir ici ? Et comment il va faire sans sa voiture ? »

« Ne t'inquiète pas, lui avait dit Saul, les pompiers le soigneront et répareront la voiture. »

« Vous avez eu de la chance, avait dit la conductrice, vous auriez pu y passer. »

Hélène avait agrippé la main de Saul mais, comme les petits, il avait fini par s'endormir, pesant douloureusement sur son épaule. Elle l'avait détesté, il aurait dû veiller pour elle. Il avait émergé devant la maison et avait aidé à monter les jumeaux.

« Couche-les dans notre lit, avait dit leur mère. Ils risquent de faire des cauchemars. »

Hélène ne voulait pas rejoindre la chambre que Saul et elle partageaient encore, elle s'était faufilée dans le lit de leurs parents, près de Réna et d'Élias. Les draps étaient glacés. Elle s'était mise à trembler, et le claquement de ses dents l'avait fait frémir. Les voix de Saul et de sa mère semblaient loin. Sa mère avait réapparu en chemise de nuit.

« Dors, ma Lénette », avait-elle murmuré en se glissant entre Hélène et les jumeaux.

Sa mère sentait bon, un mélange de crème fleurie, de feu de bois et d'autre chose qui lui échappait. Saul avait sauté sur le lit, il portait un pyjama en pilou trop petit pour lui.

« Et moi alors ? Poussez-vous. »

Leur mère avait éclaté de rire.

« Quel bonheur d'avoir tous mes poussins. »

Il faisait chaud soudain, et elle avait aussi eu envie de rire. Elle n'avait pas eu le temps, avait sombré brutalement dans le sommeil.

Des années plus tard, elle s'était réveillée dans une chambre d'hôpital et avait appris la mort de Dimitri. Son père et sa mère se relayaient à son chevet. Réna avait été opérée en urgence et transportée dans un centre spécialisé. Hélène n'était restée hospitalisée que quelques jours. Après plusieurs radios et prises de sang, on l'avait poussée dehors. Puis on lui avait annoncé le handicap de Réna. Elle avait passé un mois devant la télévision, sans envisager la douleur de sa sœur, elle n'était pas allée la voir, elle ne pensait pas à Dimitri, pire, elle le chassait de ses pensées. Cœur sec.

Saul l'avait forcée à se lever, il était le seul à qui elle avait parlé de sa décision. Elle voulait laisser tomber le journalisme et créer des parfums. On ne lui avait pas demandé de se justifier, ils étaient tous en vrac. La réponse aurait été trop bête, un reportage sur un créateur de parfums lui avait plu. Elle était en vrac aussi.

Elle avait finalement rendu visite à Réna. Elle s'était assise près de la fenêtre, n'avait pas osé l'approcher ni même l'effleurer. Avaient-elles seulement dit un mot ? Quand elles s'étaient revues, un nouvel ordre était en place, Réna érigée en martyre et Hélène éternellement coupable. Elle se sentait si fautive qu'elle n'avait même pas songé aux séquelles de l'accident. Pourtant elle était dans la voiture quand celle-ci s'était retournée, elle avait vu les flammes, avait senti l'odeur de viande grillée, reconnu Réna, éjectée quelques mètres plus loin. Elle savait que Dimitri était encore à l'intérieur. Mais elle se trompait, il avait été éjecté lui aussi et était déjà mort. Qu'est-ce qui brûlait alors ? Un bout de chair invisible ? Une main ? Une jambe ? Son corps était-il intact ? Elle n'avait pas voulu revoir Dimitri le jour de l'enterrement. Pas voulu prier.

L'odeur de cendres s'était répandue dans ses narines, et lui était descendue dans l'estomac. Son mal de dos revenait sans cesse. Elle l'avait supporté des années jusqu'à un matin où elle n'avait pas pu se lever. Les médecins, les kinés, n'y comprenaient rien. Elle pensait qu'elle revivait sans cesse l'accident, la violence du choc physique et psychique. Chaque vertèbre était une niche pour ses douleurs secrètes, que la culpabilité ne laissait pas émerger à la conscience.

Son père avait demandé :

« Tu parles un peu avec tes frères ou ta sœur ? »

« Oui, bien sûr. »

« Je veux dire, des choses dont on ne parle pas entre nous ? Tu me l'as fait remarquer une fois quand tu étais petite. »

« Je t'ai fait remarquer quoi ? »

« On évoquait la Shoah à l'école et tu ne comprenais pas pourquoi on n'en parlait pas à la maison. »

« Tu te trompes, je m'en souviendrais, je n'ai jamais dit ça, ce devait être Réna. »

« C'était toi, je ne confonds pas mes enfants. Tu voulais affronter les choses. Tu devrais parler à Réna, tu dormirais peut-être mieux. »

« Je dors bien. »

« Tu te plains de ton dos. »

« Je vais changer de matelas. »

Elle s'était tue et avait réfréné une plaisanterie.

« Qu'est-ce qui te fait sourire ? » avait demandé son père.

« Que ce soit toi qui me conseilles de parler, toi qui établisses un lien entre Réna et mon mal de dos. »

« Tu veux dire moi, l'inculte ? »

« Non, toi le terre à terre. »

Il s'était interrompu, soudain épuisé, et avait coupé court à la conversation.

Saul lui tournait le dos et elle fut saisie à nouveau par la ressemblance avec leur père. Il les précéda dans la cuisine et posa le panier de linge sur la table, sa mère entreprit de trier son contenu.

« Laisse, maman, lui dit-il, la femme de ménage s'en chargera. »

« Tu n'as pas besoin d'une femme de ménage pour ça. »

« Laisse, je te dis. »

Leur mère, comme sourde, se concentrait sur sa tâche. Hélène et Saul échangèrent un regard franc pour la première fois. Leur mère pliait les draps, les lissant avec les avant-bras pour ne pas avoir à les repasser, les empilait. Ils l'avaient vue faire si souvent. Saul cessa de protester et se tourna vers Hélène.

« Tu arriveras à te réveiller au milieu de la nuit ? »

« Je ne me coucherai sans doute pas. »

« Tu es sûre ? Je peux y aller, tu sais. »

Il s'approcha pour prendre un fruit. Elle eut un mouvement de recul. Il fit comme s'il n'avait rien vu.

« Où veux-tu que je mette tout ça ? » demanda leur mère.

« Je verrai plus tard, maman. »

« Tu sais bien où tu ranges ton linge tout de même ? »

« Pas maintenant. »

Hélène reconnaissait l'exaspération dans le timbre de son frère.

« Vous ne voulez pas descendre vous baigner ? » proposa-t-il.

« Demain, dit leur mère. Allez-y, vous. »

« Reste, Saul, dit Hélène, tu dois avoir du travail. »

Il sembla hésiter, mais ne broncha pas.

« J'y vais », dit-elle.

Il lui barrait la route, s'écarta à peine pour la laisser passer, l'obligeant à le frôler. Elle monta mettre son maillot et, lorsqu'elle redescendit, Saul était au même endroit. Son attitude impassible la poursuivit jusqu'à la voiture. Elle avait envie d'appuyer sur l'accélérateur, faire crisser les pneus sur la terre rocheuse. Docilement, elle prit le chemin avec précaution. Au volant, elle réalisa qu'elle allait conduire Réna et Élias, qu'elle serait seule dans l'habitacle avec eux. Tiendrait-elle le coup ? Qui monterait à l'avant ? S'étreindraient-ils en se retrouvant ? Autrefois, ils n'avaient pas besoin de renouer. Ils étaient connectés immédiatement, même après une longue absence.

Pourquoi s'était-elle confiée précisément à Réna ? Si Saul l'apprenait, il la tuerait, avait-elle dit à sa sœur en ricanant.

Elle avait envie d'entendre la voix d'Antoine. Elle se gara en haut de la crique et l'appela en descendant vers la mer. Il décrocha tout de suite.

« Comment ça se passe ? »

« Je ne sais pas très bien. J'ai proposé d'aller chercher Réna et Élias au bateau. »

« J'attendais ton coup de fil. Tu n'as pas appelé hier soir. »

« Non, c'est idiot, je ne voulais pas qu'ils me voient ou m'entendent téléphoner. »

« J'aurais dû venir avec toi. »

« Cela aurait été prématuré. »

« Non, ça ne l'est pas, je devrais être là. »

« Je suis contente que tu ne sois pas là. »

« Tu me manques. »

« Toi aussi. »

Elle se sentit mieux en raccrochant. Elle se promit de l'interroger à son retour, ils avaient trop parlé d'elle, pas assez de lui, et cette constatation lui coupa le souffle. Elle ralentit sa marche, en prenant de longues inspirations. Il y avait du monde sur la plage, elle avança pour trouver un endroit tranquille, se débarrassa de sa robe et de ses chaussures, enfonça ses pieds nus dans le sable. Puis elle s'allongea sur le dos, le visage tourné vers le soleil, et ferma les yeux, essayant de faire le vide. C'était bon, et rare. Elle sentit une présence, Saul se laissa tomber à côté d'elle.

« Tu ne te baignes pas ? »

« Comment savais-tu où j'étais ? »

« Je sais tout. »

« C'est ta sœur chérie ? » disait une petite fille derrière eux.

Elle l'avait remarquée en arrivant, l'enfant avait des cheveux presque blancs, elle serrait la main de sa mère et ne cessait de lui parler.

« Oui », disait la mère.

« Raconte-moi encore », disait l'enfant.

« Je t'ai déjà raconté », disait la mère.

« Tu es très, très heureuse de la retrouver alors. »

Sans la présence de Saul, elle aurait pris plaisir à écouter, à imaginer que la mère avait une sœur jumelle dont elle avait été séparée à la naissance, elle était sur le point de la retrouver. Ou bien, elle était née sous x, avait fait des recherches et s'était découvert une famille. Elle s'était disputée violemment avec une sœur qui ne connaissait pas son enfant et avait décidé qu'il était temps.

À quoi jouait Saul ? Il voulait lui parler, qu'il se lance. Mais que pouvait-il dire ? Elle se leva et entra dans l'eau. Elle fit la planche, les yeux entrouverts, guettant son frère. Il enlevait sa chemise. Avait-il l'intention de la rejoindre ?

Elle était proche des enfants de Saul, elle les aimait, surtout sa fille. Et la fille d'Élias. Elle avait ses préférés, le privilège de ne pas être mère. Ils seraient là dans quelques jours, elle espérait qu'ils ne sentiraient pas les tensions entre eux, qu'ils n'étaient au courant de rien.

Saul s'allongea sur les galets. Elle se força à détourner les yeux, le ciel était d'un bleu turquoise. Elle s'était toujours refusée à réinventer sa vie avec des enfants, aurait-elle dû ressentir une frustration ? Mais cet enfant-là, celui qu'elle avait empêché de naître, elle y pensait parfois. Réna était la seule qui ait connu l'identité du père. Comme elles étaient proches. Hélène avait appris qu'elle était enceinte la veille de l'accident. L'enfant de l'amour, avait-elle dit à Réna. Un amour si vrai et si profond qu'il ne pouvait survivre. Réna avait hoché la tête.

Elle se rappellerait souvent que sa sœur avait hoché la tête.

L'enfant avait été conçu dans leur cabane, ils étaient seuls à Somanges, allongés l'un contre l'autre, ils s'étaient caressés sans gêne, ni culpabilité. Ils avaient toujours su que ça arriverait un jour. Elle n'avait pas osé lui dire qu'elle ne prenait plus la pilule, elle ne voulait pas gâcher leur nuit, leur unique nuit, on ne tombait pas enceinte en une nuit. Elle se souvenait de leurs corps soudés et des caresses sans fin. Ensuite, ils s'étaient efforcés de ne plus se retrouver seuls. Elle n'était pas triste, il l'aimait, elle en avait la preuve chaque fois qu'il la regardait. Elle n'oublierait jamais.

On avait fêté l'anniversaire de Réna à Somanges. Les gens resteraient dormir, certains à l'auberge du village. Dimitri et elle étaient descendus chercher du vin à la cave. Ou plutôt, elle l'avait suivi.

« Tu vas bien ? » lui avait-il demandé.

« Oui, je suis heureuse. »

« Il faut oublier, Hélène. »

« Je ne veux pas. Et je ne veux pas que tu regrettes. »

« Je ne regrette pas. Mais il faut oublier. »

« Tu es venu seul. »

« Oui, mais la prochaine fois je ne le serai pas, il ne faudra pas m'en vouloir, ni être malheureuse, c'est la seule chose à faire. »

« Tu pourras avoir toutes les copines que tu veux, je serai là. Et tu y penseras, tu te souviendras, ce sera comme si on recommençait. »

« On ne recommencera pas », avait-il affirmé.

« Il faut que je te dise... »

Pourquoi lui avait-elle dit ? Elle avait lu la terreur dans ses yeux.

« Ne me regarde pas comme ça, tu me fais peur, Dimitri. Ce n'est rien, on va s'en sortir. »

« Comment as-tu pu ? Pourquoi ne m'as-tu pas arrêté ? Est-ce que tu te rends compte ? On est cousins. Est-ce que tu réalises ? Si je pouvais revenir en arrière. »

« Tais-toi, ne dis pas ça. »

« Tu es folle. »

« Tais-toi. »

Elle était remontée en courant et s'était réfugiée dans son ancienne chambre. La musique résonnait, elle reconnaissait les choix de Dimitri, il devait mettre les disques, il ne la cherchait pas, elle savait qu'il avait besoin de temps. Elle s'était ressaisie quand Réna était entrée.

« Qu'est-ce que tu fabriques ? Tu viens ? »

Sa sœur portait la robe en dentelle qu'elles avaient trouvée dans une brocante.

« Tu es belle, Réna. »

« Je crois que Pierre n'a même pas remarqué ma robe. »

« Mais si, bien sûr. »

« Élias m'emmerde à l'accaparer pour lui parler de musique, tu peux faire quelque chose ? »

« Et toi, tu occupes Saul, je dois parler à Dimitri. »

« D'accord. »

La soirée n'en finissait pas, Saul tendait les disques à Dimitri, ils chuchotaient sans cesse. Elle ne quittait pas Dimitri des yeux, mais il l'ignorait. Saul s'était éloigné et quelqu'un avait remplacé Dimitri. Il était venu vers elle.

« Il faut qu'on parle, Hélène. »

« Tu l'as dit à Saul ? Tu ne l'as pas dit à Saul ? »

« Quelle importance, il s'agit de nous deux. »

« Je sais ce que tu vas me dire, je ne veux pas l'entendre. »

« Tu vas bien y être obligée. Je dois conduire un ami à l'auberge et tu viens avec moi. On parlera au retour. »

Il l'avait attrapée par le coude, elle l'avait repoussé, il avait à nouveau saisi son bras brutalement.

« Tu me fais mal. »

Il l'avait obligée à s'asseoir à l'arrière. Réna fumait une cigarette devant le portail. Hélène avait insisté pour qu'elle les accompagne, Réna s'était laissé persuader et glissée à côté d'elle.

« Pierre va se demander où je suis. Tant mieux. »

Hélène avait croisé le regard de Dimitri dans le rétroviseur, s'attendant à sa colère, mais il lui avait semblé qu'il souriait. Il lui avait pincé le genou, elle n'avait pas su interpréter son geste.

Au retour, il avait allumé la radio, il commençait à pleuvoir, le parfum de la chaussée humide se mêlait à celui du cuir des sièges, Réna s'était penchée pour changer de station et n'avait obtenu qu'un grésillement insistant, puis l'un d'eux avait poussé un cri.

Elle cessa de faire la planche et se mit à nager vers le large. Elle pouvait apercevoir Saul, debout au bord de l'eau, qui scrutait l'horizon. Il lui fit signe. Elle faillit répondre mais s'obligea à se détourner, se lovant dans l'eau tiède. Elle revint lentement vers la rive, se rapprocha de rochers isolés et se hissa sur l'un d'eux. Saul nageait maintenant vers elle. Il fut là en quelques minutes. Elle replongea avant qu'il ne puisse s'installer à ses côtés, retint sa respiration sous l'eau, puis émergea dans une éclaboussure.

« Il faut qu'on parle, Hélène. »

« Il n'y a rien à dire. Je croyais que tu savais, que tu avais toujours su. J'étais sûre que Dimitri te l'avait dit. »

« C'était sans doute mieux comme ça. Mais il ne s'agit pas de lui. »

« Je sais. Pour le reste non plus il n'y a rien à dire. »

« Tu m'as accusé toute notre vie de ne pas te parler, et tu te dérobes maintenant. »

« Je te comprends, Saul, je ne suis pas en colère. »

« Vraiment ? »

« Oui, j'aurais fait comme toi. »

Les mots qu'elle prononçait n'étaient pas ceux qu'elle s'était formulés à elle-même, inlassablement. Ceux-là venaient sans effort et sonnaient juste. Les seuls possibles. D'ailleurs, Saul se taisait, n'en trouvant pas d'autres. Ils nageaient maintenant le long de la plage, s'effleuraient parfois. Cette nuit, elle irait au-devant de Réna et d'Élias dès qu'elle les apercevrait, il suffirait de les enlacer et ils sauraient que tout était derrière eux. Il faudrait aussi dire à Saul qu'elle aimait cette île, elle voulait revenir, est-ce qu'il la laisserait revenir ?

« On fait la course ? » demanda-t-il en revenant à sa hauteur.

« On n'a plus l'âge. »

Et elle se mit à crawler à toute vitesse.

RÉNA ET ÉLIAS

« J'AI L'IMPRESSION D'AVOIR QUINZE ANS, ça fait combien de temps qu'on n'a pas voyagé ensemble, toi et moi ? Tu aurais pu réserver une cabine. »

« C'était complet. Viens, je t'aide, allons sur le pont, voir Le Pirée s'éloigner. »

« Je n'ai pas besoin d'aide, Élias, je peux monter un escalier. »

« Ils sont raides. Fais attention. »

Élias notait les regards qui se tournaient vers Réna, une si jolie femme avec une telle démarche. Quand elle prit appui sur le parapet et se tint immobile, il la trouva embellie avec sa longue tresse. Elle en faisait deux lorsqu'elle était plus jeune. Depuis combien de temps ne l'avait-il pas regardée ? Il était plus souvent focalisé sur la béquille, l'allure bancale à laquelle il ne parvenait pas à s'habituer. Chaque fois qu'il détournait les yeux, il la blessait, il ne pouvait l'ignorer.

Réna le scrutait aussi, comme si elle le revoyait après une longue absence. Elle se demandait s'ils se ressemblaient encore. Est-ce que l'on remarquait qu'ils étaient jumeaux ? Il avait pris de la carrure, ses épaules s'étaient élargies. En face de lui, elle se sentait plus fragile et chancelante. Ses cheveux avaient poussé et les boucles qu'ils avaient en commun lui encadraient le visage. Celles de Réna étaient toujours retenues par une coiffure, à quoi bon une chevelure en cascade sur un dos esquinté ?

« J'aime déjà ce pays, je m'y sens bien, dit-elle, depuis l'aéroport, la langue, les gens. Comment est-ce possible qu'on ne soit jamais venus en Grèce avant ? Comment tu expliques ça ? »

« Je ne l'explique pas, répondit Élias. N'en fais pas trop. C'est un peu tôt pour ressentir quoi que ce soit. »

Réna pensa qu'il s'empêchait surtout d'éprouver quelque chose, mais se tut, elle ne voulait pas de conflit. Elle se demanda où ils allaient passer la nuit. Le soleil était sur le point de se coucher, elle ne tiendrait pas des heures debout.

« Élias, il faut qu'on se trouve un endroit pour se poser. On rentrera dès qu'il fera nuit ? »

« Si tu veux. »

« Ce serait bien de partir pour une destination inconnue », murmura-t-elle.

« Qui part, de nos jours, pour une destination inconnue ? »

« Personne, c'est vrai... On a quelques heures avant d'être happés à nouveau. J'aimerais profiter de chaque instant, j'ai l'impression que tu y arrives, toi. Tu parais serein. Moi je suis inquiète, est-ce que j'ai toujours été inquiète ? Ou est-ce que je le suis devenue ? J'ai envie de savourer ce voyage, c'est si rare aujourd'hui de voyager longtemps. Je suis frappée par mon air préoccupé sur les photos, alors que tu es lumineux, Saul semble tracassé, Hélène indifférente ou ailleurs, est-ce que tout n'était pas déjà là ? C'était inéluctable.

« Qu'est-ce qui te prend, Réna ? Tu comptes parler toute la nuit ? »

« C'est l'occasion de se parler vraiment. Ça fait si longtemps qu'on ne l'a pas fait. »

« Pourquoi faut-il toujours que tu dramatises ? »

« Avec toi, tout coule. Tu es heureux au moins ? »

« Arrête. Et toi, Réna ? Où en es-tu ? »

Elle n'avait pas envie de répondre, mais se força parce qu'elle avait lancé le sujet.

« Ma vie me convient. Mes fils grandissent. J'essaye de moins m'inquiéter. »

Elle réalisa que depuis quelque temps, elle ne voyait Élias qu'en présence de leurs enfants.

« J'aime que nos enfants soient proches, dit-elle, finalement, ils le sont plus que nous ne le sommes maintenant. »

Elle hésita et poursuivit.

« Tu m'as abandonnée, je ne m'en suis pas rendu compte sur le moment. »

« J'ai simplement abandonné l'ambition que tu avais pour moi. Ce n'est pas la même chose. »

« C'était ton ambition, Élias, tu n'as quand même pas fait des années de Conservatoire pour rien. Et je te soutenais. Mais si tu préfères accorder les pianos des autres que jouer, je n'ai rien à opposer. »

« Tu attaques fort, tu attendais de me coincer dans un bateau ? Parfois, dire est inutile ou nocif, Réna. »

« C'est injuste, je t'admirais, je te le montrais, c'est tout. Tu aurais pu être un grand pianiste. »

« Non. Il faut le vouloir et je ne l'ai pas voulu. Quand est-ce que vous le comprendrez ? »

« Pourquoi dis-tu *vous* ? Il n'y a que moi. Le vent se lève. On rentre ? »

« Encore un peu. C'est beau, le ferry traçant dans la nuit. Si seulement tu te taisais. »

« Coline te comprenait et tu l'as quittée. »

« Ne mélange pas tout. Ce n'est pas toi que j'ai quittée. »

« J'ai réagi de manière excessive, mais ça m'a blessée, comme si c'était à moi que ça arrivait. »

« Tu as peur que Pierre te quitte ? »

« Pourquoi ? Je n'y pense pas. S'il avait dû le faire... »

« Quoi ? »

« C'était facile de quitter une jeune femme handicapée. »

« Tu n'es pas handicapée, je ne te vois pas comme ça. »

« Je ne crains pas la rupture. C'est tout le contraire, j'ai peur que rien ne change, que l'amour dure toujours. Nous sommes les mêmes, sans passion depuis le début, on serait incapables de se quitter. Pas seulement à cause des enfants ni de notre petit confort. »

« C'est drôle, Saul me disait la même chose. »

« On serait une famille sans passion. »

« Parlez pour vous. Je suis quelqu'un d'entier. J'ai aimé Coline passionnément. »

Réna eut soudain envie de le frapper, ses paroles n'étaient destinées qu'à la tester.

« En un sens, dit-elle, Pierre t'a remplacé, je suis passée de l'attachement à mon frère à celui de mon mari, sans transition. Tu m'y as obligée. Je ne pouvais pas vivre sans toi mais tu disais qu'il le fallait. Nos vies sont si peu liées aujourd'hui. Comment s'arranger avec ça ? Tout partager puis plus rien. »

Il attrapa la rambarde et s'y cramponna. Elle l'emmerdait, il ne voulait pas se souvenir, ni de leur fusion ni de leur séparation. Il avait aimé Coline pour apprendre à exister sans sa sœur, il s'était précipité dans cet amour, jusqu'à étouffer Coline.

« Ne t'affole pas, je ne vais pas sombrer dans le sentimentalisme, ni te prendre la main, ou te serrer. Je ne vais pas t'approcher, j'en serais incapable, on a cessé de se toucher. Tu te souviens comme on se serrait l'un contre l'autre ? Tu me prenais dans tes bras quand j'avais un chagrin. Saul aussi me prenait dans ses bras. »

« Saul te prend toujours dans ses bras, Réna. »

Le soleil se couchait sur la mer. « La mer Égée », chuchota-t-il, et il ressentit quelque chose de particulier, il fut tenté de le lui dire mais ne trouva pas de mot. Il l'entraîna.

« Viens, on rentre. Et tu vas devoir accepter mon aide, on ne voit rien. Mon Dieu, nous nous touchons. »

« Moque-toi. »

Il l'avait souvent fait rire, de vrais éclats de rire. Il faisait rire Coline aussi, et leur fille, il avait ce talent-là. Réna se dirigea vers le bar.

« Il y a de la place au fond, on pourra même s'allonger. On n'arrive qu'à trois heures du matin. Tu as faim ? »

« Pas encore, je comptais surtout dormir. »

« Parfois, je me dis que nos étreintes sont inscrites sur nos peaux quoi qu'on fasse, on ne peut pas les effacer. Arrête de soupirer. Je te fatigue ? Tu n'as plus le temps pour ces fadaises ? »

« Fadaises ? Voilà un mot qui ne te ressemble pas. »

« Tu ne sais plus ce qui me ressemble », dit Réna.

« Mais si. Allez, cesse de t'en faire. Nous avons grandi, vieilli, nous nous comportons comme des adultes. Rien de plus. »

« Tu y penses parfois ? »

« À quoi ? »

« À avant. Au temps de la maison. À nos jeux. Ce qui n'est plus. »

« Non. »

Elle aurait dû encaisser sans riposter mais n'y parvint pas.

« Tu ne pouvais pas mentir ? C'est cruel de lâcher ça », dit-elle.

« Le drame encore. Tu l'as dit, c'est inscrit en nous, on ne se débarrasse pas de son passé. Ne pas y penser ne veut pas dire que ça n'existe pas, mais ne m'oblige pas à me retourner. Je préfère observer l'enfance de ma fille. Parfois, je te retrouve en elle. La petite fille que tu étais, ça me plaît. »

« Tu me retrouves en elle ? C'est supposé me faire plaisir ? Que ta fille me remplace devrait me consoler de la distance que tu as mise entre nous, c'est ça ? »

« Qui parle de consolation ? Tu n'as pas besoin d'être consolée, mais tu cherchais des mots doux, je t'en offre. La vérité, c'est que tu m'épuises, Réna, laisse-moi me reposer, je n'ai pas dormi la nuit dernière. »

Elle n'avait pas dormi non plus mais préférait le garder pour elle. Elle ne trouvait aucune trace de fatigue sur le visage d'Élias.

« Pourquoi ? À cause de la perspective de ta venue en Grèce ? De la réunion de famille ? Est-ce que ça te chamboule ? Est-ce qu'il y a encore des choses qui te bouleversent ? Est-ce que la mort de papa t'a bouleversé ? Pourquoi n'a-t-on pas pu la partager ? Pourquoi a-t-il fallu qu'on soit seuls face à sa disparition ? Tu te souviens des promenades qu'il nous obligeait à faire ? Qu'on sorte, qu'on prenne l'air. Il aimait être entouré de ses quatre enfants, rien ne le rendait plus heureux que de nous regarder courir devant lui. Sa meute. Il me l'a dit. Il craignait sans cesse que ça s'arrête. Il aurait été malheureux de nous voir aussi loin les uns des autres. »

« Pas sûr, dit Élias. Il était fataliste aussi. »

« Je croyais que tu dormais. »

« C'est difficile avec un moulin à paroles à mon oreille. Tu devrais t'allonger, tu as l'air fatiguée. »

« On ne s'est pas vus depuis trois mois, c'est tout ce que tu trouves à me dire ? Tu ne vois pas que j'ai bonne mine, je suis en forme, je me tiens plus droite. Tu ne te demandes pas pourquoi ? J'ai trouvé un coach formidable. »

« Un coach ? Un gourou plutôt, d'après ce qu'on m'a dit. »

« Hélène, bien sûr. Mais qu'est-ce qu'elle en sait ? Aucun de vous ne mesure ce que j'ai traversé. »

« Que veux-tu que je te réponde ? Tu m'emmerdes, Réna, surtout quand tu pleurniches. »

« Je pleurniche ? Salaud. Jamais un compliment. Mais tu as raison, pas d'apitoiement. Je sais me contrôler maintenant, tu ne m'auras pas. »

Elle le dévisageait, ses cheveux grisonnaient sur les tempes, elle teignait les siens, oui, ils se ressemblaient encore un peu. Elle baissa les armes, elle se sentait calme, il était le gardien de leur beauté, et le témoin de ce qu'elle aurait pu devenir, elle n'avait qu'à s'incliner.

« Tu es encore séduisant, tu ne devrais pas être seul, j'ai des amies qui rêveraient de te rencontrer. Si seulement tu vivais plus près de moi. Tu n'envisages pas de revenir à Paris ? Qu'est-ce qui t'en empêche ? D'avoir ta fille une semaine sur deux ? Tu pourrais la prendre le week-end. Est-ce que c'est vraiment bien ce système de garde alternée ? Ça lui plairait de venir en ville, elle va bientôt entrer dans l'adolescence et doit se morfondre dans ta cambrousse. Mais ça ne me regarde pas, vas-tu me dire. Même votre rupture, tu ne m'en as pas parlé. Je ne sais rien de ce que tu as ressenti. Ne plus voir ta fille tous les jours, comment le vis-tu ? Si on se séparait, Pierre et moi, je n'y arriverais pas, je serais incapable de lui laisser les enfants une semaine sur deux, je ne pourrais pas supporter qu'une autre femme s'occupe d'eux, je serais odieuse, intraitable. Cette sale pute, je lui mènerais une vie d'enfer, Pierre ne pourrait pas vivre le moindre moment de bonheur. Ça te fait rire, je vois bien que tu ne dors pas. Comment fais-tu ? Comment supportes-tu qu'un autre homme partage le quotidien de ton enfant ? Tu n'as pas peur de son influence ? Tu dors ? Pourtant je t'ai vu sourire, il y a une seconde. Tu t'es toujours endormi pendant que je parlais. Mais au moins, avant, tu me donnais la main pour te faire pardonner. Tu n'es vraiment pas mal, mais referme la bouche, c'est moche d'ouvrir la bouche en dormant, aucune femme ne voudra de toi. Pierre ronfle, je me dis qu'il respire si fort que personne ne voudrait de lui non plus, je suis tranquille. Hélène est amoureuse, tu le savais ? Je l'envie, c'est une chose qui ne m'arrivera plus, qui ne m'arrivera pas, est-ce que ça m'est jamais arrivé d'ailleurs ? Et toi ? Tu as l'impression d'avoir été fou d'amour ? C'était comme si on se suffisait à nous-mêmes, un cocon chaud et douillet. On n'aspirait pas à autre chose. Je n'ai pas rêvé au prince charmant, je t'avais, toi. Et Saul. Je ne suis pas sûre que vous rêviez à des femmes. Les femmes venaient vers toi, tu as toujours eu l'embarras du choix. Les gens trouvaient notre relation exceptionnelle. Je me demande si elle nous a bridés. Je ne sais même pas si tu m'écoutes. Comment peux-tu dormir ? Ne pas vouloir saisir ce moment, peut-être que ça n'arrivera plus. Être tous les deux. Je pourrais te pincer, te blesser un peu, j'ai une longue pratique, la nuit quand je ne dors pas, je tape Pierre. Personne ne devrait avoir le droit de se reposer auprès de moi. Ça t'amuserait que je te fasse mal, ou tu te mettrais en colère ? Tu grommellerais et te rendormirais. Si lâche. Tu étais bavard avant, toi et Hélène, vous m'empêchiez de prendre la parole. Votre complicité me pesait. Parfois, j'imagine ce que je pourrais dire à Hélène, je rassemble tous mes griefs, ou de simples pensées que j'aimerais partager avec elle, comme avant. Il faudra bien qu'on trouve une façon d'être ensemble chez Saul. Il est temps d'enterrer la hache de guerre, dit maman. Tu ne t'en es jamais mêlé, tu ne veux pas prendre parti, mais tu devrais m'entendre. Moi, pas Hélène. Tu es mon frère jumeau, tu dois te ranger de mon côté. Et ne pas jouer les détachés. Ce qui touche à nos frère et sœur, à maman et papa te concerne. »

« Non, Réna, ce n'est plus vrai. On a presque quarante ans. Tu as une famille, j'ai la mienne. »

« Tu ne dormais pas ? »

« Mais si. D'un sommeil paisible. Tu ressasses, Réna. Cesse de ressasser, ça ne te mènera nulle part. Je vois Hélène comme tu vois Saul, souvent sans moi. De quoi es-tu jalouse ? Nous ne parlons pas de toi ensemble. »

« Bien sûr que vous parlez de moi. »

« Mais qu'est-ce que tu crains, Réna ? Tu sais parfaitement ce qui se joue entre toi et Hélène, vous vous retrouverez peut-être, ou pas, vous avez besoin de vivre séparément, ce n'est pas grave. Elle t'aime dans le fond, comme je t'aime. »

Réna aurait voulu lui faire ravaler ses derniers mots. Comment pouvait-il comparer les sentiments ambivalents qui la liaient à sa sœur à ceux qui les unissaient ? L'amour d'Élias était immuable. Le seul qui soit.

« Pour maman, ces disputes sont insupportables. »

« Elle va devoir les accepter, la fratrie est impitoyable, ne nous leurrons pas. »

« Où sont passés nos liens, Élias ? »

« Réna, ils sont insidieux, ni incassables, ni infinis. Ils ne t'ont pas fait que du bien. Cellule familiale. »

« Qu'est-ce que tu veux dire ? »

« Il me semble que la famille peut nous rendre plus forts mais aussi nous affaiblir. »

« Parfois, je ne ressens plus d'amour, dit Réna, je suis à sec, sauf pour mes enfants. »

« Et cette déclaration que tu viens de me faire ? »

« Quelle déclaration ? »

Élias se releva brusquement, elle sursauta. Il s'était réjoui lui aussi de cette traversée avec elle mais elle se débrouillait toujours pour étouffer toute impulsion affectueuse.

« Tu veux quelque chose ? Je vais au bar », dit-il.

« On parle d'amour et tu vas au bar. »

Il retint une remarque cinglante.

« Accompagne-moi alors. »

« Je vais vérifier nos bagages. »

« Tu es toujours aussi obsédée par les vols ? »

« J'ai raison, il y a plein de vols de valises. »

« Coline a perdu la sienne dans un train alors que je lui avais conseillé de la surveiller, j'ai pensé à toi. Elle m'a envoyé balader, je commençais à avoir les mêmes névroses que ma sœur, disait-elle. »

« Je croyais que Coline m'était attachée. »

« Quel rapport ? Ce que tu peux être chiante. Dans le bateau, tu es tranquille, les bagages sont surveillés. Qu'est-ce que tu prends ? »

« Une salade grecque. »

« Deux salades grecques, s'il vous plaît, et deux bouteilles d'eau. »

Ils retournèrent s'asseoir, elle vacilla et s'accrocha à lui, il la laissa faire sans tendre la main.

« J'aime bien pique-niquer avec toi dans un bateau, dit-elle. Ça tangue beaucoup, non ? »

« Ne me dis pas que tu as mal au cœur. »

« Pas vraiment, mais on est très secoués. »

« Assieds-toi et mange un peu. »

« Tu sais que tu ne souris plus jamais franchement ? Des demi-sourires qui restent en suspens. Je n'aime pas ça. »

« Déjà sur les photos, je ne souriais pas. Tu y vois ce que tu as envie d'y voir. Tu interprètes, on le fait tous. C'est ce qui nous plaît dans les albums, on remue ce qui est figé, on redonne vie en réinventant le passé. Les sourires sur les photos, ce sont ceux de Saul et d'Hélène, je ne vois ni préoccupation, ni indifférence comme tu le disais, mais de la joie, c'était leur truc, nous c'était autre chose. Chacun avait investi un territoire, et y restait emprisonné. »

En l'écoutant, Réna oubliait leur enfance et pensait à ses fils.

« J'essaye de ne pas obliger les garçons à être là où on les attend, dit-elle, mais c'est difficile, les étiquettes collent à la peau. Sans doute que nos territoires ont vacillé quand papa est mort. »

« C'est certain. Un petit tremblement de terre qui nous a fait perdre l'équilibre. »

« Tu es si ironique, Élias, mais comment faire ensuite ? »

« On retrouvera un équilibre. Les uns sans les autres. »

Réna semblait soudain chagrinée, et il eut l'intuition que cela ne les concernait plus. Il commençait à se lasser de la bousculer. Il aurait pu être plus présent. Après son accident, il l'avait accompagnée jour après jour, puis Pierre s'en était plaint, il avait cru bon de s'effacer.

« Mais pour maman ? demanda-t-elle. Nous sommes ses piliers, si nous nous effondrons, elle aussi s'effondrera. »

« Maman tient debout sans nous, elle est plus solide que tu ne le crois. »

« Tu es tellement sûr de toi. »

« Je ne suis sûr de rien. Mais je compose avec ce que je peux. C'est comme avec les pianos. Une touche cassée, je ne peux pas la réparer, juste essayer de la faire résonner, de restituer le son qu'elle produisait. C'est tout. »

« Tu joues parfois ? »

« Je n'ai pas joué pendant des années et je m'y suis remis récemment, je te l'ai dit ? »

« Non. Alors tu joues ? »

« Oui. Tous les jours. C'est devenu vital. Ma fille apprend aussi. »

« Avec toi ? »

« Non, avec une femme qui a une école de musique à quelques kilomètres. Je suis leur accordeur. »

« Jolie ? »

« Oui. »

Elle se raidit, piquée soudain, mais s'efforça de se maîtriser. Elle ne pouvait pas être jalouse des femmes qui plaisaient à son frère. Elle n'avait pas été la rivale de Coline, même si celle-ci lui avait enlevé Élias brutalement. Elle n'aurait pas dû souffrir autant, Pierre faisait déjà partie de sa vie, il avait apprivoisé Élias, et les deux hommes avaient fini par s'apprécier.

« Elle est mariée ? » demanda-t-elle.

« Elle vit seule, ses enfants sont grands, partis. »

« Elle n'est pas toute jeune alors ? »

« Je m'en fous. »

« Tu vas l'inviter à dîner ? »

« Je pensais lui demander de m'accompagner au prochain concert à Tours. Un voyage en train, ce n'est pas mal, non ? »

« Sauf si tu dors la bouche ouverte. »

« Je ne dors plus la bouche ouverte. »

« Tu crois que tu lui plais aussi ? »

« Oui. »

« Tu vois que tu es sûr de toi. »

« Je ne saurai pas recommencer, séduire, parler de moi, l'écouter parler d'elle. Je deviens indifférent, la vie des autres ne m'intéresse pas. »

« C'est charmant. »

Il avait chaud, il étendit ses jambes, elle replia les siennes parce qu'il les fixait soudain et qu'elle ne pouvait pas le supporter.

« Tu ne veux pas qu'on aille prendre l'air ? » demanda-t-il.

« J'ai un peu sommeil. »

Elle posa la tête sur son épaule. Il se raidit, elle ferma les yeux, eut l'impression qu'elle pourrait s'endormir en une seconde.

« C'est si naturel en fait », dit-elle.

« Quoi ? »

« D'être contre toi. Ton épaule est plus ferme qu'avant et tu as changé de parfum. C'est un parfum d'Hélène ? »

« Oui, elle me l'a offert à Noël. »

Elle se redressa aussitôt.

« Elle ne m'en offre plus », dit-elle.

« Il faudrait peut-être que tu sois un peu plus enthousiaste. »

« Je ne sais pas le faire. »

« Tu te fous de moi ? C'est ton métier, être enthousiaste, promouvoir les artistes, et tu ne peux pas y arriver pour ta sœur ? »

« Ça n'a rien à voir, je connais la musique et les festivals, je ne connais rien au monde d'Hélène, au luxe. »

Elle lui avait dit que ce monde la rebutait, d'ailleurs même celui de la musique ne lui plaisait plus, elle allait donner sa démission, ils avaient tous changé de vie, pourquoi pas elle ? Elle s'occupait d'artistes, organisait leurs tournées depuis des années, ça suffisait.

« Tu t'es demandé pourquoi ? »

« Quoi ? »

Elle réalisa qu'il parlait encore d'Hélène et de ses parfums.

« Tu vas me sermonner ? Me démontrer que je suis jalouse ? Je pourrais te dire que la réussite de Saul t'a écrasé, que c'est pour ça que tu as arrêté le piano, quitté l'orchestre. Tu as préféré renoncer avant même d'avoir essayé, au cas où tu ne serais pas à la hauteur de ton grand frère. »

« Ce n'est pas complètement faux, pas complètement vrai non plus. Et tu ne vas pas entreprendre ma psychanalyse maintenant. Quoi qu'il en soit, on ne peut pas blâmer Saul et Hélène. Il faudrait cesser de les punir. »

Elle aurait voulu ne plus y penser, se concentrer sur la Grèce. Ils y étaient enfin en Grèce, cela semblait irréel, ils auraient dû venir bien avant. Elle reposa sa tête sur l'épaule d'Élias.

« Je m'endors. »

« C'est ça, dors. »

Ils se turent et finirent par sombrer dans le sommeil, bercés par le mouvement du bateau, le ronflement du moteur.

« Élias, tu entends ? Élias ? Réveille-toi. »

« Chut. »

« J'ai peur, tu entends le haut-parleur ? Ils ne cessent de répéter qu'il faut mettre les gilets de sauvetage. »

« Ce n'est rien, tout est normal. »

« Mais ça bouge beaucoup. Et pourquoi parlent-ils d'urgence ? »

« Merde, Réna, je dormais, tu vois bien que personne ne réagit, les gens dorment ou discutent. Rendors-toi. »

« Le vent est déchaîné et ça bouge de plus en plus. Tu crois qu'on va couler ? »

« Tu es complètement folle. Tout va bien, ils font cette annonce après chaque départ pour informer les passagers, on vient de s'arrêter dans une île, il y a de nouveaux arrivants, ils refont l'annonce, c'est tout. Et avant qu'un bateau de cette taille ne coule... »

« Tu es sûr ? »

« Certain. »

« C'est fatigant d'avoir peur, tu sais. »

Il était maintenant tout à fait réveillé et les paroles de Réna le frappèrent.

« Ça s'est accentué depuis ton accident », dit-il.

« J'étais sûre que tu allais dire ça, mais non. »

« À quoi te sert ton gourou, si tu ne peux pas maîtriser tes crises de panique ? »

Elle devina qu'il voulait parler d'autre chose.

« Tu crois que je ne fais pas d'effort avec Hélène ? » dit-elle.

« Elle est difficile, je sais. Mais vous pourriez vous entendre. »

« Quelque chose s'est cassé, je ne vois pas comment revenir en arrière. »

« Ne revenez pas en arrière, avancez l'une vers l'autre. »

« On ne se manque pas. »

« Peut-être pas. Mais est-ce que la valeur de l'absence se mesure au manque ? »

Son scepticisme la contrariait.

« Faire semblant parfois c'est bien, dit-elle, comme maman, j'aurais voulu prolonger l'illusion d'une famille unie. »

« Nous l'avons été longtemps, unis. »

« Qui a lâché ? »

« Personne n'a lâché, ni trahi, ni abandonné, Réna, cesse de chercher un coupable. »

« Somanges, peut-être. Somanges nous a lâchés. »

« Tu parles de cette maison comme d'un membre de la famille, tu confonds la maison et papa. »

« Ces murs nous ont façonnés, nourris, portés. Tu imagines parfois notre vie, sans Somanges ? Je repense à nos rires, notre complicité, nos disputes, ces petits riens du quotidien qui ne laissent de traces qu'à l'intérieur. »

Elle le forçait à revenir en arrière, Élias se doutait qu'elle le ferait. Il était venu malgré tout, il ne pouvait s'en prendre qu'à lui-même. Il s'était pourtant promis d'y mettre de la gaieté. Il n'y parvenait pas et détestait Réna pour ça.

« Comme les cicatrices, ces petits riens dureront, dit-il. Parfois, nos vies se creusent à l'infini. »

« Après la mort de papa, dit Réna, sa casquette est restée au même endroit sur le portemanteau, sa pipe sur l'étagère. Personne n'y a touché. Elles lui survivaient, est-ce qu'il aurait pensé que ce serait précisément ces objets qui lui survivraient ? En passant, on pouvait encore sentir son odeur sur la casquette, le tabac, le feu de cheminée et la sciure. Hélène l'a utilisée, ça ne te dérange pas ? »

« Non. »

Elle se sentit ankylosée, prit appui sur le dossier de la banquette, hésitant à se rapprocher de lui. Elle n'avait jamais pu porter un parfum de sa sœur, ses amis s'en étonnaient.

« Tu sais ce qui m'est arrivé de pire ? dit-elle. Me retrouver dans les bras d'un homme qui portait un parfum d'Hélène. »

« De quel homme parles-tu ? »

« Ma vie te surprendrait, il y a des angles morts, les relations sont parfois complexes. »

« Tu trompes Pierre ? »

« Est-ce que je le trompe puisqu'il ne le sait pas ? Je ne l'ai jamais trahi. »

« Tu crois que Coline m'a trompé ? »

« Je ne sais pas, mais toi, tu ne t'es pas gêné. »

« Ce n'était rien, un besoin de séduire. Rien d'important. »

« Pour elle, ça l'était, ça l'a blessée. Je n'ai jamais blessé Pierre, il se sent en sécurité avec moi, et il a raison. »

« Je dois acquiescer ? »

« Je me fiche que tu acquiesces ou non. J'avais envie d'être dans les bras de cet homme, et surtout j'avais besoin de son désir. »

« Il y a en a eu d'autres ? Qu'est-ce que tu cherches en me racontant ça ? »

« J'ai eu besoin de rencontres, et puis ça apaisait mon inquiétude, je te l'ai dit, tu ne l'as jamais pris au sérieux. »

« Je ne peux pas croire que tu me balances ça. C'était avant ou après ton accident ? Après, bien sûr. Avant, tu étais innocente. »

« Quel propos horrible, tu devrais avoir honte. Pure, pendant que tu y es. Il y en a eu avant et après. »

Il s'était toujours gardé d'imaginer la vie sexuelle de sa sœur, pourquoi l'avait-il interrogée ? Il ne voulait pas savoir.

Réna regrettait ses confidences. Ses aventures foireuses, son manque de désir, ne méritaient que le silence. Elle s'était pourtant confiée à Hélène, mais elle ne s'était sentie ni comprise ni soutenue. Si elle s'en plaignait à Élias, il lui dirait qu'elle se trompait. Il refusait d'admettre que le rapport de ses sœurs ne tenait plus qu'à un fil. Un fil fragile et distendu. Elle ressentait le jugement de sa sœur sur sa vie, ses incitations, déguisées en conseils, destinées à transformer Réna en sœur idéale. Elle avait cessé de s'intéresser à la vie d'Hélène, au fond, elle n'était pas plus attentionnée, alors comment pouvait-elle accuser Hélène ?

Mais Élias, son jumeau, pourquoi s'était-il enfermé dans une vie tranquille et provinciale où elle n'avait pas de place ? Il se tourna vers elle, suspendit un geste.

« Je savais chasser tes angoisses », dit-il simplement.

« C'est vrai. Mais tu n'es plus là. Je crois qu'Hélène était jalouse de notre relation. Elle essayait d'avoir la même avec Saul, elle ne le lâchait pas. »

« Elle y parvenait. Ils étaient inséparables », dit Élias.

« Mais elle devait se battre en permanence, ne jamais rompre sa vigilance, alors que je n'avais rien à faire, nous étions collés, toi et moi, quoi qu'il arrive. Elle me le faisait payer. Et Dimitri était chasse gardée, je ne devais pas l'approcher. »

« Dimitri comme Saul étaient gâteux avec toi, ils te passaient tout. Plus on grandissait, plus ça devenait pénible, la façon dont Dimitri t'était attaché m'était insupportable. »

« Tu ne me l'as jamais dit. »

« Un jour, je l'ai injurié, accusé d'inceste, je lui ai interdit de te voir. »

« Qu'est-ce que tu racontes ? Mais quand ? Pourquoi ? »

« Quelques jours avant l'accident. »

Élias se sentit soulagé d'avoit mentionné Dimitri, aucun d'entre eux ne prononçait plus le prénom de leur cousin.

« Pourquoi tu ne m'en as jamais parlé ? »

« Quand tu étais allongée, à moitié dans le coma ? Quand tu souffrais et te battais pour revivre normalement ? Je me dégoûtais. J'ai déversé ma rancœur sur lui, mais ma rage ne le concernait pas. C'est à toi que j'en voulais, toi qui entretenais l'affection de Saul et celle de Dimitri, comme si la mienne ne te suffisait pas. Toi qui avais Pierre. Les jumeaux, c'était fini, on s'immisçait entre nous. Avec le temps, ça s'est effiloché. »

Élias s'enflammait, Réna fut frappée par sa fébrilité inattendue, elle en ressentit de l'allégresse et de la reconnaissance. Elle se pencha vers lui, pressa ses lèvres sur son front. Il lui jeta un regard surpris, ne lui rendit pas son baiser.

« Tu as laissé la place à Pierre, dit Réna. C'était la seule chose à faire. Et Dimitri ? Comment a-t-il réagi ? »

« Il était stupéfait, blessé sans doute. Tire-toi, il a dit. Ce sont ses derniers mots. »

« Dimitri t'enviait comme il enviait Saul, notre fratrie tout entière. Tu n'as fait qu'exprimer ta jalousie, tu n'as pas à t'en vouloir. »

Élias flaira quelque chose, elle voulait changer de sujet. Pourquoi ?

« Hélène souffrait, continua-t-il, elle nous trouvait, nous les garçons, Dimitri, Saul et moi, distants avec elle. »

« Je ne crois pas. Elle était la reine du royaume. »

« Ah oui ? Je n'ai pas la même vision du royaume. Tu étais l'adorée, la princesse, Hélène, la méchante reine. »

« Tu dis n'importe quoi, Élias. Malgré tout, je n'aurais voulu pour rien au monde être enfant unique. Et toi ? Ce n'est pas ce que tu penses ? Réponds-moi. C'est à cause de nous que tu n'as qu'une fille ? »

« Tu recommences, Réna. »

« Coline en voulait d'autres, hein ? C'est toi qui n'as pas voulu. Mais pourquoi ? Tu n'as pas été heureux avec moi ? Avec nous ? Tu ne souhaitais pas la même chose pour ta fille ? »

« Réna, est-ce que tu peux envisager que ma vie, mes choix, ne soient pas forcément liés à toi ? Ne me dis pas que, soudain, le fait que je n'ai qu'une fille te perturbe ? Ou tu es encore plus atteinte que je ne le pensais. »

Réna ressemblait à une enfant contrariée, il fut envahi par un sentiment trouble, l'envie de la déstabiliser et de l'enlacer à la fois.

« Laisse-moi tranquille. Ne joue pas au doux tout à coup. »

« Réfléchis, ma possessivité t'étouffait, en m'en libérant, je t'ai libérée aussi. Remercie-moi plutôt. »

« Merci, connard. »

« Tu me fais rire. »

« J'en suis ravie. Saul vient nous chercher ? »

« J'espère. Ou il va nous envoyer un taxi, ce serait bien son style. »

« Il a dit qu'il venait. »

« Pourquoi me poses-tu la question ? »

« Pour voir si vous vous étiez parlé. »

« Papa venait toujours nous chercher, quel que soit le lieu, la gare ou l'aéroport. »

« Élias, Saul n'est pas notre père... Ce sera étrange d'être ensemble. »

« Ou pas. »

« Tu crois, demanda-t-elle, que ça peut être encore spontané et agréable ? Est-ce qu'on transforme le passé avec le temps ? Ou chacun le voit-il à sa façon ? »

« Évidemment. Les souvenirs s'enracinent différemment. »

« Et l'amour ? »

« Oh, Réna. Tu n'arrêteras jamais ? Et la haine ? La haine nous lie autant que l'amour. »

« Tu es si cynique, je te plains. »

« Ne me plains pas. Je vais bien. Je suis léger, aérien. »

Elle se détourna, ne voulant plus l'écouter. Elle détestait quand il fanfaronnait. Elle revit leurs parents, leurs gestes au petit déjeuner. La tasse de café noir de leur père, la tartine de confiture de leur mère. Elle aurait voulu être petite et pouvoir courir dans leurs bras sans inhibition.

« Maman, ma petite maman. Papa, mon petit papa, murmura-t-elle. Tu entends, Élias ? Tu te souviens comme nous les appelions ? »

Mais il pensait à autre chose.

« Maman n'avait qu'une sœur, dit-il, papa était fils unique, la famille nombreuse, c'était leur fantasme, pas le nôtre. Ils convoitaient notre enfance. Une quête vaine, si lourde pour nous. »

« Ils nous ont fait une belle enfance. »

« Ils n'ont rien fait du tout. »

« Pourquoi tout dénigrer ? »

« Je ne dénigre rien. »

« Tu te souviens du premier Noël à Somanges après la mort de papa ? » demanda Réna.

« Le pire Noël. Avec Coline, on s'était juré de ne plus se retrouver dans cette situation, pris en otages dans les maisons de famille, assaillis par les névroses passées. Je vous ai haïs. »

« Et moi, j'ai passé la soirée à engueuler Pierre et mes garçons, j'ai été exécrable, je ne supportais pas qu'Hélène fasse la cuisine, que Saul nous sermonne, et maman qui agissait comme si de rien n'était, per(sonne n'avait envie d'être là mais elle se refusait à l'admettre. »

« Et puis, enfin, l'heure du départ, dit-il, on s'est embrassés devant la maison, chacun est monté dans sa voiture. J'ai tourné la tête avant de prendre le virage. Maman se tenait sur le seuil de la porte, elle envoyait des baisers à tout le monde, je l'ai trouvée touchante alors que j'aurais pu la tuer pendant le dîner. »

« J'ai eu honte, de nous tous, continua Réna. C'était trop tard, les instants envolés et broyés par nos mauvais caractères, nos irritations croissantes, notre égoïsme. Les garçons s'endormaient à l'arrière, je me suis demandé quelle était leur enfance, quels adultes ils seraient. Et ce que je pouvais faire pour les épargner. Ne réponds pas, il n'y a rien à répondre. »

« Je n'en avais pas l'intention. J'ai encore du mal à nous envisager comme des parents.

« Nous sommes les piliers d'un temple secret. »

« Où ne nous mettons plus les pieds. »

« Mais le temple demeure, Élias. Tu nous trouves aigris ? »

« Je ne dirais pas ça. »

« Ma vie amoureuse s'arrêtera à quarante ans. »

« Je ne veux pas aborder le sexe avec toi. »

« Ça te gêne ? »

« Je ne veux pas, c'est tout. »

Elle n'entendit pas sa réponse.

« Peut-être que je n'étais pas faite pour la vie amoureuse. Papa a dit un jour à Hélène qu'elle n'était pas obligée de se conformer à une vision étriquée de la vie de femme, avoir un mari, des enfants. Si elle aspirait à autre chose, il la soutiendrait. Elle a quitté la table, mais, pour papa, c'étaient des paroles d'amour, je l'ai tellement enviée, elles sont restées gravées. J'aurais voulu qu'il me dise, tu n'as pas à être une amoureuse, ce n'est pas le seul épanouissement possible, les sentiments immenses que tu éprouves pour tes frères, tes parents, sont ta force. »

« Et ta sœur ? Tu as oublié Hélène. »

« Je n'oublie pas Hélène. Elle m'a aidée à me préparer à ton départ. »

« Quel départ ? De quoi parles-tu, Réna ? »

Réna ne semblait plus s'adresser à lui.

« Un jour tu partirais. J'en ai pris conscience à cause d'une petite morveuse, elle te poursuivait pour t'embrasser à ton entrée au collège. De retour à la maison, tu as fait remarquer que sa joue était douce. Ma joue à moi, tu la caressais pour que je m'endorme et tu reprenais le refrain de maman, *Car ta peau est douce comme la mousse des bois.* Ma joue à moi était douce, mais tu l'avais oublié. Tu partirais. Saul aussi. Alors qu'Hélène et moi, nous n'allions nulle part. »

Il évitait son regard. Elle le fixait et voyait le petit garçon en lui, elle tendit la main pour saisir une de ses boucles, il arrêta son geste. Elle en fut meurtrie mais ne le montra pas.

« Je voulais qu'Hélène me traite comme Saul te traitait, dit-il, mais le petit frère adoré, ça n'a jamais fonctionné. »

« Tu étais trop turbulent, tu ne voulais pas te laisser cajoler. Et puis, je veillais à ce que vous ne soyez pas trop proches. »

« Garce. »

« Hélène est seule, c'est la plus solitaire d'entre nous. Maman devrait le comprendre. »

« Tu te trompes, elle est très entourée de gens qui la soutiennent et l'admirent. Elle les a choisis. »

« Ils ne sont pas nous. »

« Elle n'a pas besoin de nous, Réna. »

« N'en sois pas si sûr. »

Elle se laissa de nouveau aller contre lui.

« Tu te rendors ? »

« Non, je réfléchissais, répondit-elle, tu as gâché la langueur dans laquelle je baignais. Je suis bien sur ton épaule. Tu es redevenu mon frère le temps d'un songe. »

« Un songe ? »

« Oui, je me sens dans une autre dimension. »

Ils auraient pu se taire maintenant.

« Je t'ai menti, Réna. »

« Quoi ? »

« Sur les derniers mots de Dimitri. La veille de sa mort, il m'a dit que je me trompais de personne, il était bien un cousin incestueux, mais il était amoureux d'Hélène, pas de toi. »

Réna ne bougea pas. Appuyée contre lui, elle semblait ne plus respirer.

« Tu ne dis rien ? »

« Je le savais, Élias. »

« Qu'est-ce que tu dis ? »

« Hélène s'était confiée à moi. »

« Quand ? Tu ne m'en aurais pas parlé ? »

« Non. »

Il la repoussa brusquement, se leva, s'éloigna. Il la vit déplier ses jambes, s'étirer, il ne savait pas quoi faire de son propre corps, il revint vers elle, et se tint debout.

« C'est une chose qu'il aurait fallu partager, Réna. »

« Je ne sais pas. Cette fois, je dirais que non. Hélène était enceinte quand il est mort. »

« Qu'est-ce que tu insinues ? » demanda-t-il.

« Je n'insinue rien. J'affirme. Elle se comportait bizarrement le soir de mon anniversaire, je l'ai incitée à parler. Elle n'a pas eu besoin de me dire que Dimitri était le père. J'avais deviné, je savais qu'ils s'aimaient. »

Élias fixa la nuit à travers les vitres.

« Tu ne réagis pas ? Tu es sous le choc ? Élias, ça te choque qu'ils aient pu passer à l'acte ? »

« J'ai eu le temps de m'y faire. Saul s'est confié quelque temps avant son départ, je m'en serais passé, je pensais t'en préserver. »

« Je n'ai pas besoin d'être préservée, je n'aurais pas cru qu'il t'en parlerait. C'est bien qu'il l'ait fait. Il ne pouvait pas le garder. »

« Et toi, Réna ? Comment as-tu fait pour le garder ? Et depuis si longtemps ? »

Sa petite sœur malléable et acquise, il se moqua de sa propre naïveté. Réna pensait que ça avait été sûrement plus facile pour elle que pour Saul. Il était si lié à Dimitri, et à Hélène. Elle aurait voulu qu'Élias se rassoie à ses côtés, mais il faisait les cent pas autour d'elle.

« Crois-moi, ça a été terrible pour Saul, dit-elle. Arrête, tu vas me faire vomir. »

« Mais pourquoi Hélène a-t-elle éprouvé le besoin de le lui dire ? Il y a des choses qu'il faut taire à jamais. »

« Il avait trouvé une lettre dans un livre de Dimitri, une sorte de poème pour elle sur l'amour interdit. Elle n'a pas nié. »

« Elle aurait dû. »

« C'était trop tard, Élias. Saul avait remonté le fil de l'histoire, il était avec elle le jour de l'avortement, il a rassemblé les morceaux et a tout compris. »

« Qu'est-ce qu'ils ont bien pu se dire ensuite ? Qu'est-ce que tu peux dire à ta sœur dans un cas pareil ? »

« Elle m'a raconté la scène. Il est venu chez elle, s'est assis dans le canapé, elle était debout, il la questionnait, elle répondait. Puis il y a eu un silence pesant, il fixait ses chaussures. Elle ne parvenait pas à deviner son état d'esprit, elle a même pensé qu'il pleurait. Elle s'est mise à s'affairer, à n'importe quoi, elle lui a offert à boire, a sorti des pistaches. Une sorte d'apéro. Elle se sentait ridicule, mais elle ne pouvait pas lui faire face. Elle s'agitait dans tous les sens. Il a saisi un verre mais ne l'a pas porté à ses lèvres. Il a relevé la tête, il était transformé, de glace. Elle s'est étranglée avec une pistache et il n'a rien fait. Tu entends, Élias ? »

« Oui, j'entends. Je les imagine. »

« Non, tu ne comprends pas. Elle s'est étranglée littéralement, elle ne pouvait plus respirer et il la regardait s'étouffer sans bouger. Pire, il attendait qu'elle crève sous ses yeux. Ses yeux hostiles. »

« Vous êtes vraiment barges toutes les deux. »

« Mais non, c'est ce qui s'est passé, Hélène se voyait dans la glace, elle était bleue, elle allait mourir et puis, elle ne sait plus, elle s'est donné un coup dans le plexus et a recraché la pistache, elle s'est remise à respirer doucement, il ne bougeait toujours pas. Il lui faisait peur, il s'est levé et a claqué la porte. Terrible pour elle. »

« Oh, pauvre Hélène. Et Saul alors ? Tu avais raison, Saul a dû en baver. »

« Je plains Saul, comme Hélène. »

« Sainte Réna, tu trouves des excuses à tout le monde, mais il serait temps que les gens assument. »

« Je crois qu'ils ont fini par le faire. Pourquoi deviens-tu agressif ? Il y a autre chose, Élias. »

« Autre chose ? Vraiment ? C'est la nuit des révélations. »

Il était las, il aurait voulu la faire taire, se rendormir. Il se laissa retomber sur la banquette.

« C'était elle qui conduisait. »

« De quoi parles-tu ? »

« C'est Hélène qui conduisait le soir de l'accident. »

Il avait entendu mais les mots le traversaient, il répondit machinalement, presque indifférent, sentant qu'elle épiait sa réaction.

« Tu te fous de moi ? Pourquoi tu me dirais ça maintenant ? »

« Parce que c'est le moment. »

Qu'attendait-elle de lui ? Était-ce une façon de le monter contre Hélène, un dernier coup ?

« Le moment de quoi, Réna ? De tout déballer ? Tu es enragée. »

Il quitta la banquette et s'assit en face d'elle sur un tabouret inconfortable. Tant de choses lui avaient échappé. Il avait besoin de boire, il se redressa.

« Où vas-tu ? »

Il ne répondit pas et alla commander une bière. Est-ce qu'il fallait poursuivre cette conversation ? Pourquoi ne pas en rester là ? Malgré lui, il revint.

« Tu m'as dit qu'Hélène avait insisté pour que tu montes dans la voiture. »

« Oui. »

« Donc, elle était au volant, elle t'a obligée à venir et t'a balancée contre un arbre ? »

« Arrête, Élias. »

« Quoi, ce n'est pas ce que tu voulais ? Diaboliser Hélène ? »

« Non, je voulais que les choses soient dites, enfin. Dimitri avait trop bu, elle a pris sa place au volant à l'auberge. »

« C'est mort, on ne dormira pas. »

« Comme si tu avais envie de dormir. Tu ne veux plus en parler ? »

« Y a-t-il quelque chose à ajouter ? » demanda-t-il.

« Maman est au courant. »

« C'est parfait, ça a dû lui faire du bien. De mieux en mieux. »

« J'avais besoin de le lui dire », dit Réna.

« C'est toi qui le lui as dit ? Pourquoi à elle ? Pourquoi pas à moi ? Pour qu'elle te plaigne et déteste Hélène ? »

« Tu me fais chier. »

« Tu n'as pas pu résister, il fallait que tu t'assures que maman reste du côté de sa petite princesse. »

« Je n'ai pas à me justifier, se mit à hurler Réna, j'ai morflé. Et je ne parle pas que de mon état physique, mais d'Hélène, je l'ai perdue. Je suis punie, ça te va ? Ne me regarde pas comme ça. »

« Tu te fiches de l'avoir perdue, tu ne penses qu'à toi. Je vais prendre l'air. »

Il courut presque pour sortir, cela la mit hors d'elle, elle attrapa sa béquille, manquant de balayer les verres sur la table, chancela. Enfant, elle courait toujours derrière lui, un défi, ils étaient les animaux de la savane. Elle, une gazelle bondissante, mais toujours trop lente pour son frère, guépard inatteignable. Elle retrouva l'équilibre et se précipita vers la sortie. Une femme à moitié endormie lui dit quelques mots en grec, Réna ne la comprit pas, la femme répéta en anglais, elle lui proposait son aide. Réna secoua la tête mais la femme, déjà debout, lui tenait la porte qu'Élias venait de refermer brutalement. Réna la remercia en grec, quelques mots lui revenaient parfois. Elle voulait réapprendre la langue de leurs grands-parents. Elle pourrait le faire maintenant qu'elle ne travaillerait plus. Elle se sentit rassérénée. Élias était debout à l'avant du bateau. Elle se dirigea vers lui, vacillant à nouveau sur le pont mouvant. La fixité du ciel étoilé contrastait avec la fureur de la mer. Le souffle du vent lui sembla moins effrayant qu'à l'intérieur. Est-ce qu'Élias la voyait braver sa peur pour parvenir jusqu'à lui ? Il ne sembla pas surpris quand elle apparut à ses côtés.

« Je ne te laisserai pas t'échapper, dit-elle en riant brusquement. »

« Tu as envie de rire ? » dit-il.

Ils restèrent silencieux, le bateau était comme une gigantesque balançoire, le bruit des moteurs et des vagues contre la coque remplissait la nuit. Élias voyait l'écume luire sous leurs pieds dans l'obscurité, comme des étincelles fugitives. Il repensa à tous les bateaux imaginaires qu'il avait possédés. Il se demanda si Saul en achèterait un maintenant qu'il vivait dans une île. Lui demanderait-il son avis ? Il penserait forcément à son frère. Choisirait-il un bateau à voile ou à moteur ?

« Pourquoi veux-tu arrêter de travailler ? » demanda-t-il.

« Je te l'ai dit au téléphone. Je ne supporte plus ce que je fais et puis cela me fatigue, je vais m'occuper de moi. »

« Qu'est-ce que ça signifie s'occuper de toi ? Tu vas reprendre le violon ? »

« Pas question. Je n'ai plus envie de jouer. »

« Donc tu ne feras rien ? Et Pierre ? Qu'est-ce qu'il en dit ? Il a les moyens de subvenir aux besoins de toute la famille ? »

« Ce n'est pas ton problème, Élias. Et tu sais très bien que maman m'aide. »

« Oui. Et ça te convient ? »

« Et toi ? »

« Non. Je n'aime pas ça, j'ai besoin de couper avec elle. Je la rembourserai petit à petit. »

« Moi, je n'ai pas de problème avec le fait d'accepter son aide. »

« Tant mieux pour toi. Mais tu devrais cesser de la mêler à nos histoires de frères et sœurs. »

Elle sut où il voulait en venir. Qu'on lui foute la paix, elle était la plus proche de leur mère, qu'est-ce que ça pouvait leur faire ? Leur mère la maternait. Où étaient-ils tous quand elle avait eu besoin d'eux ? Elle aurait voulu qu'Élias la soutienne au quotidien, il aurait dû être inconditionnellement à ses côtés.

« Tu me trouves trop proche de maman ? »

« Tu as besoin de rester son bébé. »

« Ne me fais pas rire, j'ai été bien plus indépendante que toi toutes ces années. »

« Tu comprends très bien ce que je veux dire, Réna. »

« Et toi ? Tu demandes sans cesse à maman de t'aider à payer la pension, tu crois qu'on ne le sait pas ? »

« Je ne crois rien et je m'en fiche. »

« Alors ne donne pas de leçon. »

« C'est toi qui as demandé, Réna, si tu ne supportes pas les réponses, ne demande pas. »

« Et arrête de regarder cette fille. »

« Quelle fille ? »

Elle désigna une jeune femme aux longues jambes qui se trémoussait, des écouteurs sur les oreilles. Elle détourna les yeux, elle s'était pourtant aguerrie à ces pointes de douleur éprouvées à la vue de silhouettes parfaites. Élias le comprit, ils avaient sans doute encore des connexions muettes. Il voulut détourner son attention.

« Je crois que papa savait », dit-il.

« Comment ? »

« Il savait pour Hélène et Dimitri. »

« Mais non. »

« Tu te souviens du jour où j'ai annoncé mon intention de partir pour Londres ? »

« Oui. Tu étais pris au Conservatoire. Tu aurais dû y aller. Ta carrière aurait été différente. »

« À l'époque, Réna, tu ne le pensais pas. Tu t'es mise à hurler. »

« On ne va pas remettre ça. »

« Mais si, parlons-en, je me suis réfugié dans la cuisine sinon j'allais t'assassiner, tu faisais une crise de nerfs comme une enfant à qui on arracherait son doudou. Tout ça parce que j'avais évoqué l'idée de partir à l'étranger. Papa était là, il donnait des coups sur le frigo. Il l'a totalement bousillé. Je ne l'avais jamais vu perdre son calme. »

« Je croyais que c'était un copain de Saul qui avait détruit ce frigo. »

« Il était hors de lui. "Qu'est-ce que j'ai fait pour que mes enfants soient anormaux ? disait-il. Qu'est-ce qu'elle a après toi ? Tu es son frère, il est temps qu'elle te lâche, que chacun reste à sa place, on ne s'aime pas comme il faut chez nous." "Ressaisis-toi, lui disait maman, ils sont très attachés les uns aux autres, c'est difficile pour eux de se séparer, il n'y a rien d'anormal à ça." Il est sorti de la pièce, me bousculant au passage en murmurant : quelle naïveté, quelle honte. Je ne sais plus ce qui s'est passé ensuite, comment je t'ai apaisée, j'ai forcément trouvé un truc. Mais j'ai eu mal au ventre toute la journée, je me suis tordu de douleur, j'avais la sensation d'avoir entendu un secret que je ne parviendrais jamais à percer. »

« Tu penses que je t'ai empêché de partir ? Que c'est à cause de moi si tu n'es pas un virtuose ? »

« Je parlais de papa, de ce qui a dû le déchirer, et tu reviens à toi. »

« Pas à moi, à nous. Ce truc dont tu parles pour m'apaiser, ce n'était pas rien. Tu as renoncé à Londres, au Conservatoire. Je ne peux pas supporter que ce soit à cause de moi. »

« Ce n'est pas à cause de toi, j'ai choisi de rester à Paris, de faire ma vie avec Coline, je suis devenu prof de piano, puis accordeur, si j'avais voulu rester dans l'orchestre, si j'avais vraiment désiré être pianiste, je l'aurais fait, Réna. Je ne le voulais pas, ça te rassure ? J'aime mon métier, crois-moi. »

Il se tourna vers elle. La tête levée, elle regardait le ciel, il s'empara de sa natte comme il le faisait lorsqu'ils étaient enfants mais, à la minute où il la tint, il comprit que la sensation ne serait pas la même, il lâcha la tresse en lui tirant un peu les cheveux, elle grimaça, creusant la fossette sur sa joue.

Elle savait que, parfois, cette pensée avait effleuré Élias, il n'était pas pianiste, elle n'était pas violoniste, ils s'étaient peut-être mis des bâtons dans les roues sans le vouloir.

« Je n'étais pas douée, dit-elle. J'ai mis du temps à l'admettre. »

« Tu n'en sais rien, Réna, et je ne le sais pas non plus. Peut-être que nous ne pouvions pas faire carrière en solitaire. »

« Je voulais que tu brilles, je le voulais de toutes mes forces mais, si je suis honnête, je n'aurais sans doute pas supporté que ça se fasse sans moi. »

Réna le réalisa au moment où elle le dit. Ils avaient préféré renoncer plutôt que d'être propulsés l'un ou l'autre.

« Tu ne le supportes pas pour Saul et Hélène, dit Élias. Peut-être que moi non plus, d'ailleurs. Peut-être qu'il est impossible de préserver les relations quand on prend des directions opposées. »

Réna tendait l'oreille pour saisir ses paroles, Élias parlait doucement ou le bruit de la mer couvrait sa voix. Elle se mit presque à crier.

« Leur réussite appuie sur un point douloureux pour nous. Elle ne nous rappelle pas tant ce que nous voulions que la difficulté de choisir une route dans la fratrie. »

« Le seul moyen était de m'extraire de notre fratrie, dit Élias, après, c'est devenu indolore. »

« Indolore, vraiment ? dit Réna. Tu as de la chance. Regarde, la fille approche, elle te guette et tu la regardes. »

Il n'avait pas pu retenir un coup d'œil vers la jeune femme.

« Qu'est-ce que ça peut te faire, Réna ? »

« J'étais comme elle. »

Elle avait parlé tout haut sans s'en rendre compte.

« Canon ? » dit-il presque méchamment.

« Je me déplaçais comme elle. Gracieuse. On me regardait. »

« C'est vrai », dit Élias.

« C'est pour ça que tu la fixes ? Elle te fait penser à ce que j'étais ? »

« Je ne pensais pas à toi, je ne pense pas à toi quand je remarque une femme. Je ne veux pas te faire de mal, Réna. »

« Je n'en suis pas sûre. »

Il ignora ses derniers mots. Qu'elle dise ce qu'elle voulait. Ils auraient dû rentrer mais Élias ne parvenait pas à se détacher du spectacle de la nuit, le sel avait rendu leurs vêtements poisseux, leurs cheveux collants. Il se passa la langue sur les lèvres pour en sentir le goût.

« Ce que tu me laisses entendre sur toi et Pierre, c'est depuis l'accident ? demanda-t-il. Vos rapports ont changé depuis ? »

« Non, répond Réna, c'est ça le plus déprimant. Rien n'a changé. Que je sois radieuse et attirante ou cette femme au corps tordu, repoussante, ne change rien à son attitude envers moi. »

« Qu'est-ce que tu racontes ? Il t'aime et tu n'es pas repoussante. »

« Plus personne ne cherchera à me séduire, il le sait, et nous, on ne changera pas, on restera ensemble, on fera l'amour de temps en temps. Je ne me sentirai plus jamais irrésistible. »

« Est-ce si important ? » demanda-t-il.

« Tu crois qu'Hélène a aimé Dimitri parce qu'elle ne pouvait pas aimer ses frères ? Elle était si attachée à vous. Moi aussi. Peut-être trop. Papa n'avait pas tort. »

Élias ne sut quoi répondre, il songea que tenir son rôle, connaître sa place, était difficile.

« Quelle heure est-il ? » demanda Réna.

« On arrive bientôt. »

On commençait à apercevoir la terre. Réna fut rassurée en repérant les lumières au loin.

« C'est passé vite. »

« Tu avais raison, dit Élias, c'était bien de se retrouver tous les deux. J'ai reçu un SMS d'Hélène, c'est elle qui vient nous chercher. »

« En voiture ? »

« Tu veux qu'elle vienne à cheval ? »

« Pourquoi ce n'est pas Saul ? »

« Je ne vais pas lui demander. C'est bien qu'elle vienne. »

« Pourquoi ce serait bien ? »

« C'est la première fois qu'elle sera au volant avec toi depuis... »

« Oui, ce sera bizarre. »

« Elle essaye peut-être d'exprimer quelque chose ? Laisse-la faire. »

« Je n'ai pas le choix, mais pourquoi elle t'envoie un texto à toi, et pas à moi ? »

« On ne peut pas dire que vous communiquiez beaucoup en ce moment. Tu as peur ? »

« J'ai peur de ce qui va nous arriver sur cette île. Toi aussi, je suis sûre. »

« Lénette », murmura Élias.

Réna retint un coup de coude, il cherchait à la provoquer encore.

« Plus personne n'appelle Hélène comme ça. Pas même maman. »

« C'est dommage, dit Élias. On devrait instaurer ça en arrivant, s'appeler pendant ces quatre jours par nos petits noms. La tendresse reviendra peut-être. »

« Tu me laisseras monter devant. »

« Tu ne serais pas mieux derrière ? Tu transpires ? »

« Oui, ça se voit ? Je pue ? »

« Ni l'un ni l'autre. Mais pourquoi est-ce que tu transpires ? »

« Laisse-moi tranquille, il fait chaud, c'est tout. »

« Pas tant que ça, ça t'arrive souvent ? »

Elle songea qu'elle n'avait mis que des pantalons dans sa valise. Autrefois, en été, elle portait des robes. Elle allait devoir endurer la vue d'Hélène dans ses tenues légères et estivales.

« J'avais une robe blanche, tu te souviens ? demanda-t-elle. Hélène me l'avait offerte. Je la portais le jour de l'accident. Quand je me suis réveillée, je me suis dit qu'elle devait être souillée de sang, foutue. Je n'ai même pas pensé que, moi, je pouvais être foutue. »

« Tu ne l'es pas. »

« Je ne te demande rien, cesse de répondre ce qui te semble correct. »

« Et toi, cesse d'être en colère. »

« Je ne suis pas en colère, je ne l'ai jamais été. Abattue, oui, désespérée parfois, et seule, si tu savais comme j'ai pu être seule. »

« Tu n'as jamais été seule. »

« Qu'en sais-tu ? Tu préfères le penser. La colère m'aurait sans doute aidée, j'aurais gagné du temps. »

« Tu as offert une robe blanche à ma fille. »

« Quand ? »

« Pour ses sept ans. Elle ressemblait à celle dont tu viens de parler. »

« C'est horrible. Pourquoi est-ce que tu me dis ça ? »

« Au contraire, ça me touche que tu aies eu envie de lui offrir ta robe. »

« Tais-toi. »

« Pourquoi, je... »

« Non, tais-toi, j'en ai assez que tu projettes n'importe quoi sur ta fille et sur moi. Elle ressemble à Coline, ta fille, et si elle tient de quelqu'un dans cette famille, c'est d'Hélène, d'ailleurs Hélène le sait, elle a un lien particulier avec elle. »

« Ce que tu peux être harassante, quelque chose chez ma fille me ramène à toi. Tu n'y peux rien. »

« C'est malsain. »

« Ça n'a rien de malsain, ta gueule, Réna. »

« Toi-même. »

Elle lâcha la rambarde et se dirigea vers les coursives, la rage la fit marcher plus vite que d'habitude. Il entendait le claquement de la béquille sur le sol. Un son qu'il haïssait. Il la rattrapa d'un bond et la saisit par le coude.

« Reste ici. »

« Non, j'ai envie de me promener. »

Elle le menaça avec sa béquille. Il pouffa.

« Encore cinq minutes avant de descendre récupérer nos bagages. »

Il cherchait à l'entraîner mais elle résistait.

« Aïe, tu me fais mal », dit-elle.

« Arrête de bouger alors. »

Elle s'assit sur un coffre près des canots de sauvetage.

« Je ne porte plus de robes, je ne les aime plus, elles accentuent ma difformité. »

« N'emploie pas ce mot. »

« C'est le mot. »

« Non, je ne crois pas. »

« Tu dirais quoi ? »

« Une disproportion. C'est plus joli. »

« On en revient à désigner la même chose, un corps qui a cessé d'être harmonieux, rien n'y est à sa place. »

« Ça suffit maintenant, arrête de t'apitoyer sur toi-même. »

« Je constate. Et tu es incapable de supporter la réalité. »

« Tu veux que j'aie pitié de toi ? Je m'y refuse. »

« Je ne veux pas de ta pitié, pauvre frère solidaire, obligé de soutenir sa sœur difforme. Tu préfères jouer les durs, ça te fait du bien de jouer les durs, tu aimes ce que ça te renvoie. »

« Tu es insupportable. Je retourne au bar, on se retrouvera près des bagages. »

« Pas question, tu ne me laisses pas. »

« Lâche-moi, Réna. »

Il fit un geste brusque pour se dégager de son étreinte, elle s'agrippa à lui, il la repoussa et heurta de plein fouet une femme tirant un sac de voyage.

« Pardon, madame, je ne vous avais pas vue. C'est ma sœur, tout va bien. »

La femme les fixa, l'air vaguement réprobateur, et finit par se détourner.

« Elle a cru que tu battais une infirme », dit Réna.

« J'aime que tu retrouves ton humour. »

« Il ne nous reste que quelques minutes à passer ensemble. Si peu. Je voulais te parler de robes. »

« De robes ? »

« Oui, c'est important. »

« Je sais que c'est dur pour toi, Réna, mais que veux-tu que je te dise de plus ? »

« Écoute-moi. Parfois je suis au bord du malaise, mon cœur s'emballe, j'ai des crampes, je sens mon corps se refroidir et je ne peux plus me tenir debout. »

« C'est pour ça que je ne n'aime pas te voir transpirer », dit-il.

« Ça arrivait de plus en plus fréquemment et c'était très embarrassant. Une fois, je devais assister à un concert que j'avais organisé et j'ai senti la crise venir, j'ai paniqué. Je devais absolument trouver un moyen de prévenir ces crises, ne serait-ce que pour préserver une vie professionnelle. »

« Que disent les médecins ? »

« Rien, justement, j'ai vu toutes sortes de médecins, même une astrologue, des psys. »

« Une astrologue ? »

« Je cherchais à guérir par tous les moyens. J'ai lu des tas d'essais sur le handicap, les traumatismes liés aux accidents, et puis je suis tombée sur cette hypnotiseuse. »

« Oh là. »

« Attends avant de te moquer, les médecins n'ont aucune idée de ce qui provoque ces crises, mais surtout ils s'en fichent parce qu'il n'y a pas de risque vital, je peux vivre, le reste ne les concerne plus. »

« Bien sûr que ça les concerne si tu as des malaises et que tu t'évanouis. »

« Le pire, dans ces moments-là, c'est la douleur, terrible, au thorax, j'ai l'impression qu'un poids s'abat sur moi, une voiture. »

« Une voiture te tombe dessus ? »

« Oui, je sais, une voiture m'est tombée dessus. C'est en ça que l'hypnose m'a aidée, certaines circonstances font remonter le traumatisme physique, l'aident à resurgir. »

« Quel rapport avec les robes ? »

« Tu n'es pas obligé de plaisanter. »

Il ne se moquait pas d'elle mais il avait du mal à la suivre, ces histoires de traumatisme l'ennuyaient.

« Je schématise, poursuivit-elle, et c'est plus complexe, mais je crois qu'il y a un rapport entre les robes, le sentiment de féminité et mes malaises. »

« Si ces personnes t'aident, tant mieux. »

« Tu prononces *personnes* comme tu dirais charlatans. Mais tu as tort, j'ai énormément lu sur ces questions, Saul m'a trouvé des livres. »

« Saul bien sûr. »

« J'ai lu des essais sur les jumeaux aussi. »

« Formidable. »

« C'est si facile de t'asticoter avec ça. Quand tu t'es séparé de Coline, j'ai espéré. »

« Que je viendrais vivre avec vous ? »

« Non, mais que je te récupérerais comme avant. »

« Avant, Réna, c'était l'enfance, c'est irrécupérable. »

« C'est pour ça que l'idée de ce voyage me plaisait tant. J'ai manigancé pour que personne ne prenne le même avion que nous, pour que les enfants ne viennent pas. On peut retomber en enfance parfois, ce n'est pas interdit. »

« Je ne veux pas retomber en enfance. »

« Tu peux vouloir te rapprocher de moi, et de Saul et d'Hélène. »

« Tu es sans doute la seule à l'espérer. Avec maman. »

« Tu crois qu'on va aimer la maison de Saul ? »

« Je me fiche de l'aimer. »

« Pourquoi ? Si on l'aime, c'est un lieu où on pourrait se retrouver. »

« Pourquoi nous faudrait-il un lieu ? Oublie Somanges. »

« Je ne pensais pas à Somanges. »

« Bien sûr que si, ça t'obsède. »

« C'est faux. Et qu'est-ce que cela peut vous faire, si j'aime y repenser. Somanges est notre sol. »

« Oui, Scarlett O'Hara. Tu vois, toi aussi tu dis *vous*. »

« Ça ne vous a rien fait de vendre la maison. Vous vous teniez là, tous les trois, comme des statues que rien ne peut ébranler, vous vous êtes mis en mouvement comme un seul corps, vous avez rangé, emballé, soupesé, en quelques heures la maison était vidée de son âme, on aurait dit des étrangers indifférents. »

« Qu'est-ce que tu racontes ? Ce sont des déménageurs qui ont tout emballé, Saul l'a assez souligné. »

« Je parle des premiers emballages, des objets intimes, supposés être précieux. J'en ai sauvé plusieurs, vous étiez prêts à tout balancer. »

« On n'avait pas le temps de s'appesantir, Réna. »

« Moi je voulais m'appesantir, c'était la moindre des choses, notre vie entière reposait là. »

« Notre vie matérielle. »

« Notre essence en morceaux dans des cartons pourris, livrés à des inconnus. »

« On ne pouvait pas tout prendre. »

« Vous avez fait une pause, je regardais le soleil disparaître sur le champ, c'était notre dernier coucher de soleil, j'ai voulu vous le dire, mais aucun de vous ne semblait le remarquer, maman s'est approchée de la fenêtre, je ne sais pas si elle y a pensé aussi. »

Élias revit son père debout devant la porte-fenêtre, comme il aimait contempler le champ.

« C'était fini, je pensais être prête, mais je ne l'étais pas. »

« On n'est jamais prêt. »

« Tu parles de la maison ? Ou de papa ? »

« Je ne sais pas. »

« J'ai une photo de Somanges à côté de mon lit. »

« Ah bon ? Et tu la regardes tous les soirs avant de t'endormir ? »

« Justement, crétin, je ne la regarde pas, je l'oublie et puis, soudain, mon regard tombe sur le cadre, y plonge, je sais exactement le moment où elle a été prise, l'heure entre chien et loup, la lumière sur le pas de la porte, la silhouette de maman à gauche, je sais exactement ce qu'elle s'apprête à faire, rentrer les transats, nous gronder parce qu'on ne l'a pas fait. Je reconnais chaque buisson, chaque brin d'herbe. »

« Vraiment ? »

« Je me fous de tes sarcasmes, laisse-moi parler, je sais toutes les sensations coincées sur la photo, et pourtant je ne les retrouve pas, elles sont perdues à jamais. »

« Elles pourront te revenir quand tu ne t'y attendras pas, avec une musique, un de tes précieux objets, ou une odeur. »

« Les odeurs. Hélène les a toutes prises. »

« Ne dis pas de conneries. Personne ne peut s'emparer de tes sensations. »

« Tu y penses alors ? »

« Non, mais ça revient parfois, bien sûr. »

« Tant mieux, je craignais que l'oubli ne t'envahisse. Saul et Hélène veulent tout effacer. »

« Pourquoi crois-tu que Saul nous réunit ? »

« Parce que maman vieillit, il le fait pour elle. »

« Tu te trompes. »

« Est-ce que tout ce que je vais vivre désormais sera intérieur ? »

« Est-ce que tout ce que tu as vécu ne l'est pas ? »

« J'ai tellement sommeil », dit-elle en s'appuyant contre lui.

« On arrive, regarde le port, viens, descendons. »

« Hélène est dans cette foule. J'ai mal au ventre. »

« Tu as tes règles ? »

« Je n'ai plus mes règles. »

« Tu n'es pas un peu jeune pour ça ? »

« Je suis bien trop jeune, mais c'est ainsi, peut-être des dernières séquelles. »

« Tu sais pourquoi ? »

« Non. Les médecins ne commentent pas ça non plus. Tout ce qui a trait à la féminité s'évanouit, mon corps est une erreur, ne me dis pas de me taire, ça me fait du bien de le dire. »

« Ce n'est pas le moment, on accoste. »

« J'ai mis ce soir-là loin derrière, mais mon corps se souvient de chaque instant, il continue de réagir, comme s'il était dissocié de mon esprit, tu comprends ? Je me regarde dans le miroir et je ne me reconnais pas. Ce n'est pas de la coquetterie, c'est autre chose, il y a celle qui se meut devant la glace, et il y a une autre femme qui court. Un corps et un esprit qui souffrent, mais les deux séparément, est-ce qu'ils souffriraient moins s'ils étaient raccordés ? Ne crois pas que je sois malheureuse, j'ai des moments de bonheur intense, mais parfois ils viennent de loin, d'une troisième entité, de l'enfant que j'étais. Ou de mes enfants. »

Il comprenait, parfois il ressentait ce qu'elle venait de décrire mais il le tut, il n'avait pas connu sa souffrance, elle trouverait son commentaire inapproprié.

« Merci de m'écouter, je sais ce que tu penses de toutes ces expériences, Élias, mais parfois je voudrais vous en faire profiter, je pense que tous les quatre avons été confrontés à ce genre d'épreuves. »

« Tu nous feras une conférence sur la plage. »

Elle sourit encore et sa fossette réapparut. Il suffisait d'un rien. Il lui prit la main et la guida dans la foule, ils parvinrent à l'endroit où les bagages étaient entreposés. Il repéra leurs valises et les souleva.

« Laisse, dit-elle, je peux faire rouler la mienne. »

« Je la prends, on verra tout à l'heure. »

Ils furent précipités l'un contre l'autre dans le flot des passagers. Elle colla son visage contre la chemise de son frère, une habitude qu'elle avait prise adolescente dans le métro, les jours où ils allaient à Paris, respirer son odeur à lui plutôt que celle des inconnus qui les entouraient.

« Je voudrais que l'on puisse résister ensemble, comme le soir de l'accident quand on était petits », dit-elle.

« Quel accident ? »

« Tu ne te souviens pas ? On avait dormi avec maman tous les quatre dans leur lit. Papa était resté sur les lieux. Tu avais beaucoup pleuré. »

« Je n'en ai aucun souvenir. On avait quel âge ? »

« Cinq ou six ans. »

« Qu'est-ce qui s'est passé ? »

« Un type nous est rentré dedans. On était terrifiés. La voiture était défoncée, une dame nous a ramenés à Somanges. On a manqué l'école le lendemain. Je me suis réveillée la première, vous dormiez tous, papa avait passé la nuit dans le fauteuil au bout du lit. Son front était entouré d'un bandage taché de sang. Il a ouvert les yeux, j'ai couru sur ses genoux, il m'a soulevée dans ses bras et on est sortis sans faire de bruit, il m'a préparé mon petit déjeuner. Mon seul petit déjeuner en tête-à-tête avec mon père. Tu ne t'en souviens pas consciemment, mais c'est forcément quelque part en toi. On a eu peur parce qu'on ne retrouvait pas Moustache. Il était avec nous dans la voiture, il avait planté ses griffes dans la cuisse de maman au moment du choc et elle en a gardé une cicatrice. De retour à Somanges, il s'est enfui. On l'a cherché toute la journée, il n'est revenu que le surlendemain. »

« Je me souviens de ma peur de le perdre », dit Élias.

« Tu adorais ce chat. »

« Il m'effrayait aussi. Il dormait avec moi, j'avais la sensation qu'il allait me sauter dessus, ses pupilles jaunes dans l'obscurité me terrorisaient. Je me souviens du jour où papa a acheté une nouvelle voiture. »

« C'était quelque temps après. Tu vois, ça te revient. »

« Réna, attends, laisse passer les gens. »

Les portes s'ouvraient, les moteurs démarraient, les camions débarquaient en premier, puis les véhicules plus légers, les motos et les scooters, enfin les passagers. Au milieu des accolades, des interpellations, ils avancèrent lentement vers le port.

« J'ai totalement occulté le fait qu'on allait se retrouver en Grèce, dit Réna, tu te rends compte ? On y est, et toutes ces impressions qui nous assaillent déjà. »

Elle recommençait, la grandiloquence, mais il ne protesta pas.

« J'ai vraiment cru que je ne vous aimais plus », dit-il.

« Et maintenant, sens-tu à quel point tu nous aimes ? »

« Tu deviens cynique toi aussi. »

« Tu crois qu'Hélène aurait préféré que Dimitri survive plutôt que moi ? »

« Merde, garde ça pour toi. On sera avec elle dans deux minutes. »

« Si elle avait dû choisir, qui aurait-elle choisi ? Jusqu'où l'aimait-elle ? »

« Je l'aperçois », dit Élias.

« Je ne la vois pas. Passe-moi ma valise. Je veux ma valise. »

« Si tu y tiens. »

« J'y tiens. »

« Pour qu'Hélène te voie tirant une valise ? Tu crois que ça lui importe ? »

« La première impression est la plus forte, répondit Réna, ça y est, elle nous fait signe, elle semble heureuse de nous voir, elle ressemble à une vacancière. »

« Soyons des vacanciers, laissons-nous porter par le flot. »

« Où es-tu ? »

« Je suis derrière toi. »

Le restaurant domine la baie. Ils sont assis de manière à profiter de la vue, une table en plein vent.

Saul vient de reprendre sa place, il a raccompagné leur mère.

Ils ont décidé de rester un peu. Maintenant que le soleil s'est couché, il semble que sa lueur perdure, là où le ciel et la mer se rejoignent, créant une nuée aux reflets changeants. La musique grecque leur fait presque oublier le souffle du *meltemi*.

Saul et Hélène sont côte à côte, en face des jumeaux. Les gens frappent dans leurs mains, commencent à former un cercle.

« C'est une des choses qui me manquent le plus, crie Réna, danser. »

Hélène détourne les yeux de la ronde qui se forme pour les poser sur sa sœur, elle n'avait pas réalisé que Réna ne dansait plus. Elle ressent un pincement dans la poitrine, inspire, le chasse. Elle a envie de dire qu'elle non plus ne danse pas. Qui danse encore à leur âge ? Elle croise le regard d'Élias qui l'incite à se taire.

Élias se souvient de ses sœurs s'exerçant inlassablement au rock-and-roll, elles se disputaient pour diriger, finissaient par établir des tours. Aujourd'hui, il ne perd jamais une occasion de se déhancher sur la musique, mais seul, il ne veut pas de cavalière.

« Il n'y a pas d'âge pour ça », dit-il.

Hélène lui adresse une grimace.

« Même un sirtaki ? Chiche », dit-elle.

Il se lève.

« Que fais-tu ? » demande Saul.

Il est ahuri de voir son frère rejoindre les danseurs, mais s'amuse de voir le groupe l'accueillir comme l'un des leurs. Il ferme les yeux, la musique le transporte des années en arrière quand leurs grands-parents étaient encore là. Il est fatigué, il s'est efforcé d'être le meilleur hôte possible, comme s'il recevait des étrangers, cela l'a épuisé. Il aurait dû aller se coucher comme leur mère.

Il se fige. Le sirtaki lui parvient maintenant de loin. Depuis leur arrivée, tout s'est bien déroulé en apparence, il ne veut pas interpréter la casse des verres anciens lorsque Réna a fait la vaisselle, la façon d'Hélène de fouiller dans le frigidaire et de manger à toute heure, l'annexion de ses placards par Élias.

Ce n'est pas nouveau, Anouk le lui faisait déjà remarquer à Paris. Ces attitudes comiques et révélatrices de son frère et de ses sœurs quand ils venaient dans leur appartement. Cela continuera.

Le son revient, la musique l'envahit. Ses sœurs se sont mises aussi à taper dans leurs mains, entièrement absorbées par le plaisir de la fête, hilares devant les mimiques d'Élias.

« Il ne changera pas », hurle Hélène.

« Comme il a raison », répond Réna.

Seul Saul l'a entendue. Elle se tourne vers lui.

« Et toi, Zorba, tu n'y vas pas ? »

Son surnom lorsqu'il se contorsionnait pour se moquer du folklore de leurs grands-parents.

« Moi j'y vais, déclare Hélène. Et toi aussi, Réna. »

Sans lui laisser le temps de protester, elle hisse sa sœur. Réna se laisse faire, glisse un bras autour d'Hélène, abandonnant sa béquille. Saul bondit et la maintient de l'autre côté. Ils soulèvent Réna, rejoignent Élias.

Ils se tiennent par les épaules, ils esquissent les pas, ils ne les ont pas oubliés. Le vent redouble, atteint la terrasse, les nappes retenues par des galets se mettent à claquer comme des voiles, les verres se renversent, l'un d'eux se brise sur le sol. Leurs cheveux se plaquent sur leurs visages, les aveuglent, ils sont ivres de vent, de musique et de danse. Ils sont dans un bateau en pleine tempête, comme balancés au-dessus du vide.

Table des matières

Prologue 7
Saul 19
Hélène 71
Réna et Élias 113
Épilogue 177

CATALOGUE

8. MICHÈLE LESBRE
Boléro
9. ANN CHARNEY
Dobryd
10. ISABELLE MILLER
Le Syndrome de Stendhal
11. ANDRÉ BUCHER
Le pays qui vient de loin
12. OSCAR VAN DEN BOOGAARD
Mort de l'amour
13. ZAHIA RAHMANI
Moze
14. SOPHIE BOURSAT
L'Eau et l'Huile
15. TAKIS THÉODOROPOULOS
Les Sept Vies des chats d'Athènes
16. ESTELLE LEMAÎTRE
Swiftitudes
17. NUALA O'FAOLAIN
Chimères
18. CHAHDORTT DJAVANN
Autoportrait de l'autre

19. SALVADOR DALÍ
Visages cachés

20. ROBERT BELLERET
Sixties

21. TUNUNA MERCADO
Mémoire argentine

22. ANN CHARNEY
Le Jardin de Rousseau

23. JEAN-LUC BIZIEN
Marie Joly

24. MICHÈLE LESBRE
Un certain Felloni

25. GÉRARD GUÉGAN
Inflammables

26. VINCENT BOREL
Mille regrets

27. ANDRÉ BUCHER
Le Cabaret des oiseaux

28. OSCAR VAN DEN BOOGAARD
Pollen

29. ANNA BOLECKA
Mon cher Franz

30. DIANE MEUR
Raptus

31. ZAHIA RAHMANI
« Musulman » roman

32. NUALA O'FAOLAIN
J'y suis presque

33. PATRICK DELPERDANGE
Chants des gorges

34. SÉBASTIEN LAPAQUE
Court voyage équinoxial

35. ANDRÉ BUCHER
Pays à vendre

36. LAWRENCE SCOTT
Calypso de nuit

37. MICHÈLE LESBRE
La Petite Trotteuse

38. JOSEPH COULSON
Le Déclin de la lune

39. TAKIS THÉODOROPOULOS
Le Roman de Xénophon

40. DUONG THU HUONG
Terre des oublis

41. VINCENT BOREL
Pyromanes

42. RAJAE BENCHEMSI
La Controverse des temps

43. ROSAMUND HADEN
L'Église des pas perdus

44. NUALA O'FAOLAIN
L'Histoire de Chicago May

45. FRANÇOIS JONQUET
Et me voici vivant

46. ZAHIA RAHMANI
France, récit d'une enfance

47. FIONA KIDMAN
Rescapée

48. 12 ÉCRIVAINS NÉO-ZÉLANDAIS
Les Belles Étrangères

49. HYAM YARED
L'Armoire des ombres

50. ANDRÉ ROLLIN
La Mémoire de l'iceberg

51. ANDRÉ BUCHER
Déneiger le ciel

52. TARIQ ALI
Un sultan à Palerme

53. ROBERT BELLERET
Faits divers

54. DUONG THU HUONG
Itinéraire d'enfance

55. MICHÈLE LESBRE
Le Canapé rouge

56. DIANE MEUR
Les Vivants et les Ombres

57. MARIANNE RUBINSTEIN
Le Journal de Yaël Koppman

58. CHRISTOPH PETERS
Une chambre au paradis

59. JEAN-CLAUDE FIGNOLÉ
Une heure pour l'éternité

60. OSCAR VAN DEN BOOGAARD
La Plage verticale

61. TARIQ ALI
Le Livre de Saladin

62. MICHAL GOVRIN
Sur le vif

63. FRANÇOIS JONQUET
Daniel

64. YANICK LAHENS
La Couleur de l'aube

65. TAKIS THÉODOROPOULOS
L'Invention de la Vénus de Milo

66. PHILIPPE DE LA GENARDIÈRE
L'Année de l'éclipse

67. JEAN MATTERN
Les Bains de Kiraly

68. NUALA O'FAOLAIN
Best Love Rosie

69. CATALOGUE GÉNÉRAL

70. DUONG THU HUONG
Au Zénith

71. JACQUELINE DEMORNEX
Le pire, c'est la neige

72. SELINA SEN
Après la mousson

73. MICHÈLE LESBRE
Sur le sable

74. TARIQ ALI
L'Ombre des grenadiers

75. ANNELISE ROUX
La Solitude de la fleur blanche

76. CATHERINE MAVRIKAKIS
Le Ciel de Bay City

77. FORREST GANDER
En ami

78. HAMID ISMAÏLOV
Le Chemin de fer

79. HYAM YARED
Sous la tonnelle

80. KÉTHÉVANE DAVRICHEWY
La Mer Noire

81. ALAIN GHEERBRANT
L'Homme troué

82. JOSEPH COULSON
Le Blues des grands lacs

83. MICHÈLE LESBRE
Nina par hasard

84. ERLING JEPSEN
L'Art de pleurer en chœur

85. CLAIRE KEEGAN
L'Antarctique

86. TARIQ ALI
La Femme de Pierre

87. VINCENT BOREL
Antoine et Isabelle

88. JEAN MATTERN
De lait et de miel

89. EDNA O'BRIEN
Crépuscule irlandais

90. FLORENCE GIORGETTI
Do you love me ?

91. YANICK LAHENS
Failles

92. DUONG THU HUONG
Roman sans titre

93. MARIO LEVI
Istanbul était un conte

94. NUALA O'FAOLAIN
Ce regard en arrière

95. ERLING JEPSEN
Sincères condoléances

96. CLAIRE KEEGAN
Les Trois Lumières

97. MICHÈLE LESBRE
Un lac immense et blanc

98. JEAN-CLAUDE ELLENA
Journal d'un parfumeur

99. KAMEL DAOUD
Le Minotaure 504

100. DIANE MEUR
Les Villes de la plaine

101. CLARA DUPONT-MONOD
Nestor rend les armes

102. DUONG THU HUONG
Sanctuaire du cœur

103. TARIQ ALI
La Nuit du Papillon d'or

104. LÉONOR DE RÉCONDO
Rêves oubliés

105. KÉTHÉVANE DAVRICHEWY
Les Séparées

106. EDNA O'BRIEN
Saints et Pécheurs

107. TAKIS THÉODOROPOULOS
Le Va-nu-pieds des nuages

108. FIONA KIDMAN
Gare au feu

109. DUONG THU HUONG
Paradis aveugles

110. JEAN MATTERN
Simon Weber

111. YASSAMAN MONTAZAMI
Le Meilleur des jours

112. YANICK LAHENS
Bain de lune

113. CATHERINE MAVRIKAKIS
Les Derniers Jours de Smokey Nelson

114. CLAIRE KEEGAN
À travers les champs bleus

115. VINCENT BOREL
Richard W.

116. MICHÈLE LESBRE
Écoute la pluie

117. MICHÈLE LESBRE
Victor Dojlida, une vie dans l'ombre

118. EDNA O'BRIEN
Fille de la campagne

119. YANICK LAHENS
Guillaume et Nathalie

120. JEAN-CLAUDE ELLENA
La Note verte

121. SERGE MESTRE
Les Plages du silence

122. LÉONOR DE RÉCONDO
Pietra viva

123. MICHAL GOVRIN
Amour sur le rivage

124. MARIE RICHEUX
Polaroïds

125. EDNA O'BRIEN
La Maison du splendide isolement

126. DUONG THU HUONG
Les Collines d'eucalyptus

127. KÉTHÉVANE DAVRICHEWY
Quatre murs

128. FRANÇOIS JONQUET
Les Vrais Paradis

129. FRANÇOISE HUGUIER
Au doigt et à l'œil

130. FIONA KIDMAN
Le Livre des secrets

ACHEVÉ D'IMPRIMER
EN DÉCEMBRE 2013
SUR LES PRESSES
DE
L'IMPRIMERIE F. PAILLART
À ABBEVILLE
POUR LE COMPTE
DE SABINE WESPIESER ÉDITEUR

IMPRIMÉ EN FRANCE

NUMÉRO D'ÉDITEUR : 127
ISBN : 978-2-84805-159-8
DÉPÔT LÉGAL : FÉVRIER 2014